Niemeyer, um romance

Teixeira Coelho

# NIEMEYER

um romance

ILUMI//URAS

*Copyright © 2001:*
Teixeira Coelho

*Copyright © desta edição:*
Editora Iluminuras Ltda.

*Capa:*
Isabel Carballo
sobre intervenção digital de *Destruturas Urbanas* (1976),
serigrafia [55 x 70 cm], Regina Silveira.

*Revisão:*
Ana Teixeira

*Filmes de capa:*
Fast Film - Editora e Fotolitos

*Composição e filmes de miolo:*
Iluminuras

ISBN: 85-7321-124-5

*Nosso site conta com o apoio cultural da* via net.works

2001
EDITORA ILUMINURAS LTDA.
Rua Oscar Freire, 1233 - 01426-001 - São Paulo - SP - Brasil
Tel.: (0xx11)3068-9433 / Fax: (0xx11)3082-5317
E-mail: iluminur@iluminuras.com.br
Site: www.iluminuras.com.br

# ÍNDICE

**SOBRE NIEMEYER, UM ROMANCE DE TEIXEIRA COELHO** ......................................................... 7
Celso F. Favaretto

NIEMEYER, um romance ....................................................... 13

*A METICULOSA CONSTRUÇÃO DO NÃO-FAZER* ........... 137
Nicolas Shumway

# *SOBRE* NIEMEYER, UM ROMANCE *DE TEIXEIRA COELHO*

Celso F. Favaretto

*A designação* um romance *inscreve a narrativa sob o signo da indeterminação. Inviabilizando a totalização do gênero e da ação, nela acentuam-se os artifícios de construção deixando-os aparentes. Os arremedos de histórias cruzadas — da vida do narrador, de suas relações amorosas com Beatriz B., da vida e da arquitetura de Niemeyer —, não compõem qualquer modalidade de narrativa realista. Tudo nela é inconclusivo, inacabado, embora, paradoxalmente, construído com apuro de técnica e linguagem.*

*Inteligência fina e sensibilidade aguda compõem uma calculada e sutil estratégia de enunciação, em que procedimentos artificiosos e efeitos de pensamento destacam-se sobre um fundo que, embora ausente, vai aos poucos definindo uma referência, um motivo aparentemente realista:* o país, este país, *um país como este;* a cidade, *esta cidade,* um tempo, *este tempo,* onde viver é quase impossível. Alusão política, crítica da cultura e reflexão estética insinuam-se no evolver do suposto motivo principal do livro: falando obsessivamente do projeto, sempre adiado, de escrever um livro sobre a vida de Niemeyer, o arquiteto moderno, o narrador vai indefinidamente inventando razões para justificar porque não consegue escrevê-lo, nem mesmo começar — o que lhe propicia a oportunidade de refletir sobre a dificuldade de se escrever sobre qualquer coisa, ou simplesmente de escrever, hoje e num país como este. Afinal, quando a linguagem não mais consegue dar conta da realidade, quando a representação falha, significando o emperramento da história, nada se* *pode dizer; pode-se contudo aguçar a capacidade de suportar o incomensurável da experiência contemporânea. Nesta narrativa, a reiteração, de assunto e procedimentos, denota o imobilismo e, simultaneamente, funciona, por saturação, como resistência ao congelamento do estado de coisas configurado.*

*Ambivalente, enredado no imaginário das justificativas, nenhuma com poder suficiente para legitimar e mobilizar o desejo de escrever a biografia de Niemeyer, de contar uma história, o narrador permanece na imobilidade, girando em torno de um centro que não mais existe: uma identidade, uma história, uma vida. Lembrar, rememorar, refletir sobre o que impediu e ainda impede a realização dos projetos são maneiras insuficientes de desatar o nó do presente; cumpre elaborar os nexos entre passado e presente, sem qualquer pressuposição de uma forma futura.*

*A dificuldade de escrever sobre Niemeyer também pode ser entendida como uma reflexão sobre os impasses atuais do, assim chamado, projeto moderno, de que a arquitetura é o paradigma e o esplêndido trabalho de Niemeyer manifestação exemplar, até emblemática, da busca de uma forma, estética e social, em que beleza, originalidade e bom acabamento indiciam a utopia de equilíbrio e harmonia da vida, sonhada pelos grandes construtores modernos. Desatualizado, não mais respondendo à demanda de inscrição simbólica dos objetos, ações e pensamentos, o projeto moderno não mais consegue reafirmar seus pressupostos. Na falta disso, fica-se com o acúmulo de referências e de interpretações, com a repetição e recodificação das maneiras de apresentação das produções: sintomas daquilo que um dia foi pleno — a unidade da experiência, uma finalidade histórica —, e que agora não mais opera, sendo substituído pela pletora de seus efeitos. Esta narrativa parece ser uma figura conceitual desta paisagem contemporânea.*

*Livro que se lê com ansiedade, patinando, segurando uma fria angústia, porque não se consegue avançar, já que ele nega a satisfação das expectativas, buscada num simulacro de enredo e nas poucas referências à experiência vivida. Frustrado, só resta ao leitor, levemente irritado mas cheio de interesse, substituir o prazer e a curiosidade, prometidos pelo romance biográfico, pelo imperativo de pensar sobre esta hábil inteligência do artifício, triunfo da maneira sobre o estilo, caudatária da mais interessante modalidade de narrativa da atualidade, a ficção-ensaio.*

# NIEMEYER
um romance

Há vinte anos, *me disse o biógrafo*, venho me preparando para escrever sobre Niemeyer. Para ser inteiramente sincero, há vinte anos venho esperando que Niemeyer morra para escrever sobre ele. Até agora, sempre me pareceu por um lado deselegante e por outro um atrevimento intelectual excessivo escrever um livro sobre alguém ainda vivo. Escrever sobre uma pessoa viva exige, mais que coragem moral, um congelamento, uma suspensão radical da sensibilidade e até agora nunca me considerei suficientemente frio, suficientemente isento para escrever um livro nessas condições. Deixar as próprias emoções de lado, distinguir entre o que pertence à própria esfera da sensibilidade e o que se refere objetivamente à pessoa visada e sua obra, é isso o que requer o projeto de escrever sobre alguém ainda vivo. Como não tenho certeza de já ter conseguido estabelecer essa distinção, venho adiando o trabalho de ano para ano. Li tudo que foi escrito sobre Niemeyer, vi talvez quase todas as fotografias tiradas de Niemeyer e sua obra, andei por todos os lugares por onde Niemeyer esteve e trabalhou, posso dizer que conheço cada centímetro e cada centímetro quadrado do que Niemeyer construiu e no entanto até agora não comecei o livro porque Niemeyer continua vivo. A vida dele impede meu trabalho, segura minha mão, deixa como resfriadas todas minhas anotações sobre ele. Não será surpresa se eu souber mais sobre a vida de Niemeyer do que ele mesmo, afinal o que cada um sabe sobre sua vida? Seus sonhos eu talvez não conheça, não conheço todos seus sonhos, em todo caso, mas que diferença isso pode fazer se ter um sonho não significa que a pessoa saiba alguma coisa sobre esse sonho e sobre si mesma, não significa que a pessoa retire desse sonho alguma informação, alguma sensação, algum sentimento, alguma idéia sobre seu comportamento, alguma noção sobre si mesma? Um sonho pode talvez dizer alguma coisa para a pessoa que o sonhou *assim que ela acorda*, mas desde que o primeiro estímulo exterior, desde que o primeiro sinal de uma idéia consciente atravessa a mente, cruza a alma, por assim dizer, a memória do sonho é completamente eliminada e nada mais resta senão um *desperdício de energia*. Esta é a razão pela qual sinto que, *sob certos aspectos,* provavelmente os mais importantes, sei mais sobre Niemeyer do que ele mesmo, o que significa que já poderia ter escrito sobre ele há muito tempo, ou pelo menos já poderia ter *começado* a escrever sobre ele há muito tempo. Como escrever sobre ele é algo que absolutamente devo fazer, tenho vivido nos últimos tempos acossado pelo temor de que essa demora acabe por retirar de mim todo desejo de escrever sobre Niemeyer, porque de certo modo já sei muito do que escreverei sobre Niemeyer embora nada tendo ainda escrito, e isso mais prejudica meu projeto de escrever sobre Niemeyer do que o favorece, como sabem todos que um dia decidiram escrever um livro, realizar um filme ou pintar uma tela. Nada mais mortal para a ação de escrever um livro do que saber de antemão o que se vai escrever, conhecer desde o primeiro momento as idéias, fatos e acontecimentos que serão expostos, decidir como o livro termina — *porque um livro sobre Niemeyer só pode terminar de um único modo.* Ter uma *intuição* a respeito do fim de um livro é aceitável, talvez indispensável para o escritor conduzir a narrativa. Ter uma *vaga idéia* sobre os personagens necessários para pôr a trama em pé será mesmo fundamental. Mas conhecer *tudo* sobre o assunto a respeito do qual se pretende escrever, como sei sobre o assunto *Niemeyer*, é contraproducente. No fundo pode ser essa a razão pela qual até hoje não comecei o livro e não tanto o fato de Niemeyer estar ainda vivo. Haverá aí um obstáculo talvez insuperável (e paradoxal apenas na aparência), quer dizer, não poder começar um livro por saber de antemão tudo ou quase tudo que nele será escrito é obstáculo cuja real força por alguma razão oculto de mim mesmo ao mesmo tempo em que me forço a dizer, graças a um mecanismo divercionista, que o motivo é o fato de Niemeyer estar vivo, o que me daria pouca liberdade para escrever ou me exigiria um esforço imenso para derrubar as barreiras interiores que inevitavelmente eu encontraria no processo de escrever.

Quase comecei o livro sobre Niemeyer quando me separei de Beatriz B. ou, em todo caso, quando me separei de Beatriz B. eu *poderia ter começado* a escrever esse livro. Não o fiz e está ficando sempre mais difícil fazê-lo, tenho pouco tempo para escrever seja o que for e tenho menos tempo ainda para escrever esse livro. O fato é que quando nos separamos, Beatriz B. e eu, eu tinha tudo para dedicar-me ao livro em que venho pensando nestes últimos vinte, quase trinta anos. Existem outras razões que impedem um escritor de escrever um livro além daquelas que dizem respeito a seu tema, como, neste caso, o fato de Niemeyer estar ainda em vida. Em certas condições é de todo impossível escrever, *seja o que for*. Na realidade, Beatriz B. nunca me permitiria ou deixaria escrever esse ou qualquer outro livro. Não que Beatriz B. fizesse algo contra mim ou contra meus projetos. Beatriz B. simplesmente *não fazia nada*. Não manifestava interesse algum pelo que eu fazia, eu podia ficar horas rabiscando um caderno à sua frente sem correr o risco de ser interrompido por uma pergunta sobre o que eu estava fazendo. Era de todo indiferente a Beatriz B. o que eu pudesse ou não fazer. Não posso ocultar que sempre me retraí quando escrevia alguma coisa, fechava-me em meu escritório por trás da grande porta de madeira e vidro e preferia que ninguém entrasse. Recorrer a uma porta de vidro, mantendo-a fechada, era essencial porque uma porta de vidro me permitia ver o que acontecia na sala, ver por exemplo se Beatriz B. passava por ali ou se alguma eventual empregada vinha desincumbir-se de algum dever, podia ver quando a correspondência era entregue por baixo da porta de entrada e, ao mesmo tempo, não ser interrompido ou perturbado por ninguém. Relativamente, claro. Nunca quis ninguém por perto enquanto escrevia e a idéia de mostrar para *qualquer pessoa* o que estava escrevendo *antes de chegar ao fim do que estava escrevendo* sempre me foi rigorosamente impensável. Não me lembro se Beatriz B. algum dia chegou a pedir-me para ler o que estava escrevendo. Se o fez, não deve ter sido atendida. De um modo ou de outro, a partir de algum momento que não sei identificar, ou quem sabe desde sempre, Beatriz B. deixou de manifestar qualquer interesse pelo que eu escrevia mesmo quando meus textos se transformavam em algum tipo de publicação. Se alguém vinha me visitar, e no início a visita era quase sempre para mim, quase nunca para ela, e fazia algum comentário sobre algum texto meu lido em algum lugar, Beatriz B. então queria saber, ela também, por emulação, alguma coisa. Por iniciativa própria, motivação pessoal, não. Essa atitude, de interessar-se por algum texto meu apenas quando alguém mais se interessava, me irritava profundamente. Não sei dizer a partir de quando essa atitude de Beatriz B. ganhou tanta importância para mim a ponto de praticamente me paralisar em meu trabalho. Enquanto esteve comigo Beatriz B. sempre demonstrou um *interesse intelectual* pelos assuntos que eu freqüentava, e isto mais por causa dos assuntos em si do que por minha relação com eles. Mas, acredito, tratava-se de um interesse intelectual superficial, o que explicaria sua falta de interesse por minhas coisas. Digo *minhas coisas* mas na verdade quase nunca as considerava *minhas coisas*, especialmente depois de estarem prontas e publicadas. Uma vez publicados, meus textos nunca me disseram respeito, e se havia alguém indiferente a eles, esse era eu mesmo, o que mais uma vez retira todo o peso que pudesse ou possa ter uma acusação minha contra Beatriz B. sob esse aspecto. Enquanto escrevo, de algum modo meus textos são de fato *minhas coisas*; depois de escrevê-los não me dizem mais nada, *absolutamente nada*. É possível que Beatriz B. percebesse essa relação minha com *minhas próprias coisas* e se limitasse a deixar-se influenciar por meu comportamento para comigo mesmo, imitando-o e não demonstrando interesse algum pelo que eu fazia. Não importa: enquanto estive com ela não consegui escrever nada que realmente me importasse, acima de tudo nada consegui escrever sobre Niemeyer, na época o que eu mais queria fazer, como ainda agora. À medida que o tempo passava tornava-se sempre mais claro para mim que continuar vivendo com Beatriz B. significaria a ruína completa de meus projetos literários, melhor dizendo, de meus projetos relacionados com livros. Simplesmente não havia espaço entre nós para minha *atividade literária*, expressão a que recorro porque não podia então, como não posso agora, chamar aquilo de *literatura*, que não sei o que seja, e uma vez que falar em *trabalho literário*, neste país, é sem dúvida excessivo. Não gosto dessa expressão, *atividade literária*, pedante ao extremo e vazia, porque, deixando a palavra *literatura* de lado, ninguém pode ter uma *atividade literária:* alguém só pode *escrever*. Mas como *escrever* tem ainda menos sentido do que *pintar* ou *filmar*, só não perdendo sob esse aspecto para *fazer teatro*, que precisa de dois termos para tentar dizer o que as outras palavras não dizem em um, parece inevitável usar, por ora, *atividade literária*. Isso não é um trabalho no sentido em que se diz que ser balconista numa loja é *um trabalho*. Sempre acreditei que, fosse ela a escritora, Beatriz B., nome dentre todos o mais improvável embora fosse exatamente esse o nome dela, ou quase, ela conseguiria dedicar-se a seu trabalho *apesar* de minha presença ou, quem sabe, exatamente *por causa* de minha presença. Para mim, era impossível. A grande preocupação da vida de Beatriz B. era ganhar dinheiro, encontrar um modo de ganhar dinheiro, e uma soma razoável de dinheiro, não somente o mínimo usual requerido por qualquer existência mediana. Claro que nunca a censurei por isso porque em certa medida eu dependia do sucesso de suas idéias para ganhar dinheiro, apesar de por muito tempo ser minha a única renda fixa e previsível da casa, como se diz, embora se tratasse sempre de uma renda pequena. Além de pretender ganhar dinheiro, Beatriz B., utopicamente a meu ver, pensava ganhar dinheiro *com cultura*, como ela dizia. *Quero ganhar dinheiro com cultura*, Beatriz B. dizia o tempo todo, *quero ganhar dinheiro com arte*, ela dizia, consciente do duplo sentido de sua frase. Mas nem por um instante, acredito, passou pela cabeça de Beatriz B. que seria possível ganhar dinheiro com o que eu fazia, com o tipo de cultura por mim escolhido. Não digo *com minha arte*, ao contrário do que Beatriz B. dizia referindo-se a si mesma, porque minha *atividade literária* nunca teve nada a ver com arte propriamente dita. Não sei se Beatriz B. teve razão igualmente quanto a este ponto, como teve em relação a tantos outros. Sempre acreditei que um livro como o que ainda pretendo escrever, sobre Niemeyer, poderia dar algum dinheiro. O tema é importante, o contexto em que Niemeyer viveu e produziu, e ainda vive e produz, diz respeito à vida de muitas pessoas e como Niemeyer não seria, como não será, a única personagem histórica do livro, as possibilidades de eu ter nas mãos, por assim dizer, um *best seller* era muito grande. As pessoas adoram biografias, simplesmente adoram biografias. Ler uma biografia lhes

dá a possibilidade, inteiramente desprovida de qualquer
conseqüência, de meter-se na vida de outra pessoa, de uma pessoa
famosa como costuma ser o caso, e isso é tudo que muita gente quer
e espera da vida. Beatriz B. porém nunca pareceu pensar assim ou
dar-se conta de que poderia ser assim, e nunca se dispôs a procurar
as condições de produção para meu projeto, sugerir-me algo nesse
sentido, sequer ajudar-me nesse caminho. Não sei, pensando bem,
por que Beatriz B. deveria fazê-lo. De todo modo, se essas condições
tivessem surgido enquanto estivemos juntos, ou quando nos
conhecemos, ou pouco depois disso, provavelmente eu teria
começado a escrever apesar de minhas reticências quanto a escrever
sobre uma *personalidade viva*. Mas Beatriz B. nunca admitiu a
possibilidade de que meu livro pudesse ser um *best seller*. Embora ela
estivesse certa e eu completamente equivocado, originou-se daí minha
sensação de que poderia começar a escrevê-lo quando nos separamos,
ou que *poderia ter começado* a escrever esse livro logo depois de, como
se costuma dizer, *nossa separação*.

*Fora isso*, não posso dizer que tenho queixas contra Beatriz B.
*Queixa* não é a palavra, cujo sentido exato, sob o ângulo que interessa
aqui, não sei mais qual possa ser. Talvez em algum momento do
passado eu tenha sabido o que seja uma *queixa*, o que é ter queixa de
alguém. Mas não tenho, propriamente, *queixas* de Beatriz B., além
dessa sensação incômoda, *outrora* incômoda, por ela nunca ter se
interessado pelo que eu escrevia e que, de todo modo, era nada ou
quase nada. Houve, é verdade, o episódio da *traição* de Beatriz B.,
do qual tomei conhecimento num momento em que me interessava
refletir de modo particular, *voltar a refletir*, para ser mais exato, sobre

o significado do *desafio à mediocridade* na obra de Niemeyer, tema de cuja importância para a compreensão total de seu trabalho eu estava àquela altura cada vez mais convencido. Fiquei sabendo, como ela mesma me contou, que Beatriz B. certa vez me havia *traído*, como é usual dizer. *Uma vez*, foi o que Beatriz B. disse, *uma vez*. Se houve outras vezes, não faz diferença, que diferença pode haver entre trair alguém uma ou mais vezes? Ou nenhuma? Nem o próprio termo *trair* tem, neste caso, um sentido particularmente preciso, não há um significado exato para uma expressão como *trair alguém com outra pessoa* por não ser possível determinar *quem*, exatamente, está sendo traído ou *o quê*, exatamente, está sendo traído. Essa palavra não tem sentido. Por mais que eu considere a palavra e a situação a que se refere, não vejo motivo para usá-la com relação àquilo que ela supostamente designa. Na verdade, tenho dúvidas quanto a Beatriz B. ter usado a palavra *trair* ou ter dito apenas que havia *ido com outro homem*, o que me parece agora mais provável. De todo modo, num caso ou no outro o que experimentei não foi uma sensação de traição mas alguma outra sensação consideravelmente indefinida. Difícil falar disso agora, tanto tempo depois. *A memória de uma sensação* é algo extremamente fluido e incerto. Sei apenas que, na ocasião, parece-me, não me senti propriamente *traído*. O que acredito ter respondido a Beatriz B. naquele dia foi aproximadamente, deve ter sido aproximadamente, que não havia necessidade de contar-me aquilo daquele modo. A rigor, não precisava ter-me contado nada, menos ainda do *modo* como me contou. Eu nunca havia manifestado desejo de ter acesso a esse conhecimento, tratava-se de uma informação que, francamente, eu podia dispensar, uma informação que no limite não me dizia respeito. No entanto, Beatriz B. quis que eu soubesse. Pode ter sido alguma forma de compensação, de vingança como se diz nas novelas, por algo que, a seu ver, eu lhe havia feito ou vinha fazendo, uma maneira de impor-me um suposto sofrimento embora eu não soubesse dizer *por quê*, como não sei ainda. Digo isso porque Beatriz B. me relatou o fato *com raiva*, não com dor, culpa ou vergonha mas *raiva*. O que me deve ter chocado em sua confissão foi essa raiva. *Confissão,* reconheço, é outra palavra inadequada, mais uma, que dá a impressão, ao ser ouvida ou lida, de vir automaticamente acompanhada por um *juízo de valor*, algo inteiramente fora de lugar tanto naquele momento quanto agora. Um *juízo de valor* é algo que não se pode expressar num instante qualquer mas apenas em circunstâncias nas quais tem sentido fazê-lo — e esse por coincidência era exatamente o problema maior que eu enfrentava naquele momento com relação a meu projeto de escrever sobre Niemeyer, quando eu me dedicava, como disse, a uma nova reflexão relacionada não apenas com o tema do *desafio à mediocridade* na obra de Niemeyer como com o conjunto de questões para mim levantadas a partir desse ponto, como, por exemplo, a da pura possibilidade da existência de uma obra como a de Niemeyer num país como este. Se havia algo que àquela altura eu evitava de todos os modos era a emissão de juízos de valor relacionados a Niemeyer, e isto deve ter-me deixado atento ao sentido que podia assumir uma palavra como *confissão*. Portanto, retomando e corrigindo, o que deve ter me chocado na *narrativa*, não confissão, que Beatriz B. me fez, foi a sensação de que Beatriz B. estava sob o domínio de uma espécie virulenta de ira. Essa ira é o que não compreendo e talvez nunca compreenderei. Essa mesma ira, algo muito físico e não apenas conceitual, deve ter sido responsável em boa parte, em outra boa parte, por eu não ter começado a escrever àquela época meu livro sobre Niemeyer, assunto já de extrema importância para mim apesar de não me ser então muito fácil explicar, com a convincente fluência, os motivos dessa importância — para além, é claro, dos motivos óbvios ao alcance de qualquer um e que pareciam, no meu caso, não satisfazer a ninguém. Niemeyer sempre foi um assunto em si próprio suficientemente destacado para merecer a atenção de qualquer um, mas as pessoas queriam saber *minhas razões pessoais* para escrever sobre ele e eram essas razões pessoais que não surgiam convincentes, ou eram essas razões que eu não pretendia revelar, supondo que pudesse fazê-lo. Quando tiver terminado o livro e chegado à última página, poderei descobrir *por que* esse foi (nesse momento o livro já terá sido escrito e então tudo estará no passado, inclusive a importância do tema, porque toda vez que termino de escrever alguma coisa ela me parece sempre absolutamente desimportante e irrelevante), poderei descobrir *por que* foi esse um assunto muito importante para mim durante tanto tempo, durante décadas para ser mais exato. O problema é que já tenho, como disse, todas as informações sobre o assunto e, sendo assim, ou já conheço (sem saber) a importância que tem para mim, ou nunca conseguirei avaliá-la — e aqui se abrem novamente duas alternativas, uma segundo a qual nunca conhecerei essa importância porque, sabendo tudo desde já, nunca terei interesse em *escrever* esse livro, que seria de todo desnecessário, e outra segundo a qual eu o escreverei mas ao final não saberei nada além do que sei agora ou que sabia no passado, talvez a alternativa mais provável. A menos que durante o processo de escrevê-lo *alguma coisa* de indefinido aconteça e mude meu estado de ignorância ou inconsciência. Não acredito nisto. Mas desconfio que a história que Beatriz B. me contou naquela época sobre *ter ido com outro homem* (e não a *traição* de Beatriz B. porque essa palavra não tem, rigorosamente, nenhum sentido para mim, insisto nisso), de algum modo contribuiu para que eu adiasse o início do livro. Ódio e raiva podem paralisar pessoas, as que geram esses sentimentos e as que os recebem como objeto. Quando criança, lembro-me bem disto agora, se eu lia que esta ou aquela pessoa, ou uma personagem, *ficara paralisada de ódio*, eu achava que se tratava de simples literatura. Depois, mudei de opinião ao sentir a força imobilizante do ódio que se tem ou dos quais se é objeto. Material para começar o livro eu tinha, já àquela época, e sentia que a qualquer instante começaria a escrevê-lo. Não escrevia o livro, é verdade, mas, em compensação, eu escrevia por toda parte, para que eu mesmo lesse, em folhas soltas, em pequenos pedaços de papel, em cadernos e cadernetas, às margens das páginas dos livros que estava lendo, frases recorrentes como *Preciso escrever meu livro* ou, em inglês às vezes, *I have to write my book* ou *I have to write a book* ou simplesmente *I have to write* ou ainda *I have to write to live*, e isso repetidas vezes, mais de uma vez por página, dependendo do dia, ou numa página dentre cada três, quatro ou seis. Obsessivamente. *Tenho de escrever, I have to write, I have to write to live* ou apenas *Meu livro, My book*. Nessas duas línguas, somente. Nunca em francês ou em italiano, ou em alemão. Apenas em português e em inglês. Em inglês talvez pelo fato de ser o inglês, como me acostumei a acreditar, uma língua extremamente direta, dotada de palavras e expressões que alcançam o alvo com precisão, palavras e expressões imperativas: *I have to write, I have to write to live*. Se acontecer de alguém ler os livros de minha biblioteca depois de minha morte, e devem ler uma vez que penso doá-los para alguma biblioteca, encontrará essas anotações por toda parte, num mesmo ano e no ano seguinte como no ano anterior, numa década e na década seguinte. Várias vezes pensei em jogar tudo isso fora, esses livros todos quero dizer, quem sabe queimar tudo, sinto-me irritado e deprimido quando olho para essas estantes cheias de livros que me custaram um dinheiro imenso, uma pequena fortuna, e que não servem para nada, absolutamente para nada. Não queimei nada, acabei decidindo que doarei tudo para alguma biblioteca, sempre há outros como eu que aceitam perder tempo com inutilidades assim ou que não sabem que estão perdendo tempo com inutilidades assim e passam horas com a cara enfiada em livros — certamente para não ter de encarar certas pessoas ou um certo país, como eu. O que pensarão, o que julgarão essas pessoas que encontrarem minhas anotações, sempre as mesmas, quase as mesmas página após página? As coisas mais óbvias, suponho. No entanto, devo corrigir: não *escrevi para viver*, ao contrário do que dizem minhas anotações marginais. Nem o inverso, quer dizer, viver para escrever. Escrever era apenas uma obsessão, por vezes incômoda, que eu não conseguia transformar em realidade. Escrever *aquele livro*, quero dizer. Posso ter pensado, em algum momento, que escrever era fundamental para viver, porém mais tarde percebi nada existir de mais excessivo e ingênuo do que uma crença como essa. Crença perturbadora, quase certamente nociva.

Seja como for, a narrativa feita por Beatriz B. sobre aquele particular episódio do que ela considerou ser *nossas vidas* mas que dizia respeito unicamente à vida dela mesma, por certo retardou o início de meu livro sobre Niemeyer. Sempre soube que um casamento, ou qualquer situação assemelhada, por sua própria natureza impediria, ou pelo menos perturbaria muito, a execução de um projeto como o meu. Não são coisas compatíveis, dividir uma cama com alguém e *escrever a seu lado*, como se diz. Na mesma casa, sob o mesmo teto, no mesmo espaço.

O que impede você de escrever é *você mesmo*, Beatriz B. me disse um dia. Você não escreve e a causa é você mesmo, Beatriz B. me disse no modo decidido que ela passou a assumir a partir de um certo momento que eu creio saber identificar. Você não escreve porque *você já sabe tudo* sobre tudo isso, e não me refiro só ao fato de você saber tudo sobre Niemeyer, ou não saber, me refiro a essa *história de escrever*, você já conhece tudo sobre o que vai escrever ou não vai escrever, e já sabe tudo sobre essa *história de escrever* e é por isso que você não escreve. Você não escreve porque você é *um escritor*, essa é a razão. E eu entendi exatamente o que ela queria dizer, apesar do aparente paradoxo de suas palavras. Isso *acontece*, Beatriz B. me disse, com razoável seriedade, na expectativa de que eu levasse a sério o que ela me dizia e agisse em conformidade. Beatriz B. tinha razão, apesar de sua cômica intenção de seriedade (pelo menos, cômica para mim). No fundo, nesse ponto Beatriz B. tinha razão, é verdade. Mesmo porque, era o que eu mesmo pensava sobre o assunto e era o que eu já lhe havia dito antes a meu próprio respeito, *quase exatamente* nas mesmas palavras. No dia em que ela me disse isso, Beatriz B. estava a rigor simplesmente devolvendo para mim o que eu já lhe dissera, talvez sem se lembrar que ouvira *de mim mesmo* aquelas mesmas palavras. Pelo tom por ela empregado, no entanto, minha impressão era que Beatriz B. acabara de ler aquelas palavras em algum livro, algum texto, e as gravara intencionalmente na memória para passá-las a mim ou jogá-las contra mim — jogá-las contra mim, eu diria. Como essas palavras que às vezes se lêem em algum livro e que por uma grande *coincidência* se aplicam imediatamente, diretamente, a alguma pessoa ou situação da realidade imediata com que por alguma razão se está envolvido, às vezes pela razão mais fortuita ou mais desprovida de sentido possível. Beatriz B. havia lido essas palavras em algum livro, eu tinha certeza. Beatriz B. estava com a razão, claro. Não toda a razão. Alguma. Creio que pelo menos parte dos motivos que me impediram então de começar a escrever meu livro sobre Niemeyer, razões inacessíveis para Beatriz B. àquela altura, tinha a ver com o ódio que eu sentia pelo país naquele momento, como sinto ainda agora. Digo *ódio*, não desgosto ou raiva, nem irritação, nem amargura. Ódio. Na verdade, não sei se *à época* meu sentimento em relação ao país era exatamente de ódio, o mesmo ódio que sinto *hoje*. Posso ter sentido *ódio* naquele momento sem ter recorrido a essa palavra para designar a emoção que me impedia de começar o livro. Amargura não é a palavra correta, amargura traz uma idéia de tristeza, sofrimento, mágoa, ressentimento que sem dúvida não vinha ao caso. *Raiva* poderia servir. O que eu sentia naquele momento era *aversão profunda* pelo país. Repugnância. Pelo menos é como me vejo agora imaginando o que devo ter sentido naquele momento. Beatriz B. ainda não tinha *ido com um homem*, portanto esse não podia ser o motivo que me impedia de escrever ao lado dela. É verdade que já nessa época Beatriz B. era *indiferente* ao que eu fazia. Mas esses sentimentos não podiam ser tão fortes quanto o sentimento de ódio, de repugnância pelo país. Aversão pela imagem dos militares que apareciam na televisão, aversão pelas fotografias dos militares publicadas nos jornais. O país me causava uma repugnância *generalizada* mesmo se me era possível saber que a causa desse sentimento tinha origem perfeitamente localizada. Hoje, sinto aversão diante da imagem dos políticos que aparecem na televisão, aversão diante das fotografias dos políticos publicadas nos jornais e das fotos de empresários e personalidades e diante da *presença física* dos jovens e não tão jovens prepotentes das classes privilegiadas, como se diz. E o país me causa, agora visceralmente, uma repugnância generalizada que, *agora*, não tem nenhuma origem precisa mas, apenas, origens difusas e esparsas, portanto generalizadas. Em parte, esse sentimento não me deveria impedir agora de começar enfim o livro sobre Niemeyer porque esse sentimento diante deste país é um sentimento generalizado, quer dizer, um sentimento comum, vulgar, o que me deveria levar a desconfiar de sua adequação, como me leva. Há uma diferença, porém, entre meus sentimentos pessoais em relação ao país e esse sentimento comum e generalizado de aversão, e a diferença está em que minha aversão agora é *por todo o país*, algo que outros talvez não sintam neste momento e o que eu não devo ter sentido naquela época, imagino que meus sentimentos tivessem então um objetivo mais localizado. Ódio, aversão, repugnância por um país, pelo próprio país, pode impedir alguém de escrever, mais ainda quando diante de um tema como o que escolhi, e que me parece um tema incontornável. Não sei se é possível escrever com ódio, ou fazer um filme com ódio, ou pintar uma tela com ódio. As banalidades das teorias estéticas, as boas intenções bichadas das críticas literárias insistem ser necessário que o autor sinta uma forte empatia, quer dizer, um *forte sentimento positivo* por seu tema, e que é isso que torna sua obra significativa. Não acredito nisso. Mas é possível que o ódio, que a repugnância impeça alguém de escrever. É possível.

Uma dificuldade adicional, naquele momento em que pela primeira vez na minha vida identifiquei em mim mesmo um sentimento de profunda aversão por este país, e dificuldade extra que também representou um papel na minha *impossibilidade objetiva* de começar o livro, foi que Niemeyer estava fora do país naquele ano, o mesmo, creio, em que decidimos morar juntos, Beatriz B. e eu — embora eu, mas não Beatriz B., tivesse consciência plena do equívoco daquela decisão —, e isto algum tempo antes, alguns anos antes do episódio da alegada *traição* de Beatriz B. Niemeyer estava fora do país porque tinha trabalho no exterior e porque, anotam os que o conheceram naquele momento e se tornaram depois seus primeiros e prematuros biógrafos, sentia uma *profunda tristeza pelo que se passava politicamente no país*. *Profunda tristeza* é a expressão anotada em meus cadernos como a que mais bem descreve o estado de espírito de Niemeyer naquele ano terrível. Os que conviveram com ele naquele instante falam de sua *mágoa*, de sua *angústia* e de seu *protesto*. Diante do que acontecia naquele momento, pela pouca densidade de sentido manifestada nessas três palavras (*mágoa, angústia e protesto*) esses não eram sentimentos, diante do país, que eu pudesse à época entender e isso deve ter contribuído muito para que eu não começasse a escrever meu livro naquele ano, o que eu poderia talvez ter feito (e deveria ter feito) se eu não fosse absurdamente exigente comigo mesmo. Devo ter-me informado desses sentimentos dele no momento mesmo em que Niemeyer os manifestava, portanto nenhum desses sentimentos será apenas fruto, como se diz, de minha *imaginação retrospectiva*. Em algum lugar de meus cadernos devem existir notas que registraram esse *estado de espírito* de Niemeyer, estado de espírito sem dúvida não igual nem análogo a meu próprio *estado de espírito*. A incompreensão da verdadeira natureza dos sentimentos experimentados por Niemeyer diante deste país deve ter assumido um peso tão grande em minha impossibilidade de iniciar o livro naquele momento quanto as dificuldades experimentadas na vida em comum com Beatriz B.

Depois, imediatamente em seguida, vieram as viagens e as viagens sempre foram para mim incompatíveis com o ato de escrever, com o estado de espírito que o ato de escrever exige, pelo menos de mim. Notas, sim, é possível redigir. Mas as viagens sempre me deixaram terrivelmente excitado e nos estados de *excitação absoluta* não consigo escrever. Alguns escritores, e não quero comparar-me com eles porque não me sinto um escritor, não no gênero que escolhi, dizem que escrevem em estados de forte excitação até mesmo *artificialmente provocada* mas nunca dei crédito a essas declarações que, tenho certeza, são feitas para entusiasmar jornalistas, criaturas facilmente entusiasmáveis, chocar uma parte do público e atrair outra parte, ambas partes que irão comprar os livros do autor para chocarem-se ainda mais ou se deixarem fascinar ainda mais. É o que um escritor deve fazer, suponho, quero dizer, atrair leitores para sua obra dizendo o que sente ser adequado dizer, tocando em pontos da *sensibilidade comum* de seu tempo mesmo não compartilhando essa presumida sensibilidade e mesmo que em seu livro essa sensibilidade *objetivamente* não apareça de modo algum, sendo no máximo resultante de um investimento subjetivo do leitor sobre o material lido. Mesmo porque estou convencido que nenhum escritor é *de seu tempo*, o que talvez explique porque não pude começar então meu livro sobre Niemeyer e porque não consigo ainda começar esse livro que no entanto terei de escrever um dia. Um cineasta pode ser de seu tempo, é provável, porque o cinema *foi feito para ser de seu tempo* e todo filme é feito para ser supostamente de seu tempo. Digo *supostamente* porque na verdade um filme não é de seu tempo mas *faz seu tempo parecer o tempo de todos*, das pessoas que o vêem e dele mesmo, o que é algo inteiramente diferente. Mas a literatura não é de seu tempo, mesmo não acreditando que meu livro, quando o escrever, venha a ser uma peça de literatura. É outra coisa, *será* um livro sobre alguma coisa, no caso sobre uma pessoa, sobre Niemeyer, e será excessivamente pomposo, portanto ridículo, chamá-lo *literatura*.

O ciclo de viagens, então. Não comecei o livro naquele ano porque Niemeyer se pôs a viajar intensamente e a trabalhar no exterior num ritmo acelerado, o que, previ, provocaria modificações em sua obra que me seria indispensável registrar, como a passagem do tempo confirmaria. Eu não poderia começar então o livro porque corria o risco de deixar de fora aspectos de seu trabalho que futuramente poderiam ser fundamentais para a *apreciação* de suas idéias e para a determinação do significado de suas propostas dentro da *história*. Seria impensável escrever e, menos ainda, *publicar* um livro assim incompleto. Como ele se pôs a viajar, entendi que eu também deveria viajar. Nossos rumos, porém, de maneira um tanto acidental, *acentuadamente acidental* pensando melhor, divergiram. Niemeyer desembarcou na Argélia vindo da França, antes de tomar o caminho de volta para Paris, e eu desembarquei no Egito vindo da Itália antes de também tomar o caminho de Paris, a mesma Paris. Difícil explicar o motivo desses afastamentos acentuados e dessas divergências profundas entre as decisões iniciais que antecedem um projeto e os primeiros passos supostamente dados na concretização das propostas originais. Pelo menos comigo foi assim que aconteceu mais de uma vez e provavelmente é assim que ainda acontece. Quase nada do que iniciei, pensando caminhar numa direção, acabou por se materializar sob alguma forma próxima da inicialmente imaginada. Não digo que isso tenha sido em si frustrante, decepcionante. *Significativo*, sem dúvida, pelo menos para mim que sempre acreditei, ingenuamente, como sou obrigado a constatar hoje, poder segurar nas mãos *as rédeas de meu destino*, como se diz. Ou como se dizia.

Assim, desembarquei em Alexandria depois de cruzar o Mediterrâneo desde Veneza num navio novo e *de turismo*, como dizia o folheto da agência italiana, mas completamente infestado de baratas. Beatriz B. viajava comigo. Quase acrescento um *naturalmente*, quase digo *Naturalmente, Beatriz B. viajava comigo*. Mas já naquela época eu sabia que *nada é natural*, menos ainda no domínio das relações pessoais ou humanas, e portanto nunca teria usado essa expressão naquele momento, como não posso usá-la agora. Esse *naturalmente* é apenas um recurso narrativo, um elemento da narração da própria história pessoal que cada um faz a si mesmo. Como tal, é um elemento falso, um elemento de falsidade e portanto, se não nocivo, pelo menos perigoso ou de efeito duvidoso, como toda ficção e como toda história tal como hoje praticada. História inútil, supérflua e perigosa. Não era, por exemplo, *natural* que houvesse baratas num navio novo de turismo colocado no trajeto entre Veneza e Alexandria. Depois de ter desembarcado em Alexandria e de ter passado um tempo no Egito pude entender que, sob certo ângulo, havia afinal *alguma naturalidade* na existência de tantas baratas naquele navio. Como eu não tinha esta noção *no momento em que* viajava naquele navio pela primeira vez, navio que por *coincidência* seria o mesmo que me levaria de volta à Europa, não posso incluí-la no quadro que me faço de minha vida *naquele momento*. O fato é que as baratas estavam por toda parte. No pequeno camarote que ocupávamos elas andavam por toda parte, mesmo com a luz acesa. Passeavam por cima da cama feita pelos camareiros, com esmero devo reconhecer, não tomando conhecimento algum da presença de seres humanos, no caso eu e Beatriz B. Deixávamos a luz acesa na esperança de que a luminosidade pudesse espantá-las. Inutilmente. Andavam sobre a coberta e o travesseiro, numa e noutra direção, e não eram uma ou duas mas várias, várias em seus variados tamanhos. Era possível vê-las também no salão do restaurante, subindo pelas colunas de ferro espalhadas a intervalos e que serviam como elementos de decoração e pontos de apoio para os passageiros em dias de mar agitado. Subiam pelas colunas e andavam, talvez seja mais adequado dizer que se arrastavam, pela aba metálica por onde deslizávamos nossas bandejas diante dos balcões de *self-service* de onde todos os passageiros se serviam de uma comida medíocre. Pelo menos é assim que me lembro daquelas cenas, é assim que me represento ou imagino aquelas cenas. Beatriz B. passou aqueles três dias da travessia *à beira da histeria*, como, suponho, é possível imaginar. Eu mesmo não me sentia confortável. É curioso, porém, como o ser humano *rapidamente se adapta às circunstâncias*. Mais do que curioso, surpreendente. Para mim, em todo caso, que nunca me dediquei às ciências biológicas ou naturais. Ou, mesmo, às sociais. Curioso como o ser humano se adapta tão rapidamente, parece, a toda e qualquer circunstância, aspecto que, para mim, explicava repentinamente (ou não tão repentinamente, enfim), muita coisa que eu mesmo vivera ou sobre a qual lera. Na primeira noite não dormi, tentando, *ingenuamente* outra vez, manter afastadas as baratas com minha *consciência atenta*. É curioso como reagimos diante de certas circunstâncias. Em todo caso, é curioso como *eu* reajo diante de certas circunstâncias. *Manter as baratas à distância graças a minha consciência desperta.* Que sentido isso poderia ter? Lembro-me perfeitamente deste detalhe. Na primeira noite não dormi. Fiquei imaginando que as baratas passeariam despreocupadas por meu corpo assim que eu fechasse os olhos, uma imagem de todo intolerável. Na segunda noite, continuei imaginando as baratas sobre meu corpo adormecido e a repugnância provocada por essa visão não era em nada menor em intensidade e qualidade à visão direta das baratas reais. Mas, nessa mesma segunda noite adormeci. Na terceira e última noite até apaguei a luz quando nos deitamos. *Entregues às baratas*. Literalmente. Não entendo como é que os cientistas se surpreendem com a *capacidade de acomodação* das baratas, o que lhes garantiria uma suposta sobrevida em relação à humanidade. Se os cientistas se surpreendem com fatos desta natureza deve ser sem dúvida devido *à profunda ignorância que demonstram em relação às coisas do homem*. Seja como for, não posso dizer que havia esquecido as baratas quando desembarquei em Alexandria. Digo *eu* desembarquei porque, sob certo aspecto, Beatriz B. jamais chegou a desembarcar em Alexandria. Jamais chegou a deixar a Europa.

Niemeyer estava naquele mesmo momento na Argélia *enquanto* eu, querendo acompanhar suas viagens para seguir o desenvolvimento de seu trabalho, bizarramente (bizarramente, digo, pensando em meus planos iniciais de seguir Niemeyer aonde quer que ele fosse) desembarcava em Alexandria, onde não é improvável que ele nunca tenha pisado. A não ser, quem sabe, como turista. Digo isso mesmo não acreditando de forma alguma nesse *enquanto*, mesmo sabendo ser de todo inadequada essa noção de paralelismo temporal implicada numa frase como *Niemeyer estava naquele mesmo momento na Argélia enquanto eu desembarcava no Egito, em Alexandria*. Não existe essa realidade de um paralelismo temporal que implica uma convergência de destinos ligando de algum modo a vida de duas ou mais pessoas. A rigor, não é nem mesmo possível dizer ou pensar coisas como *Niemeyer desembarcava na Argélia e eu desembarcava no Egito, em Alexandria*, usando a partícula *e* no lugar do advérbio *enquanto*, porque a simples aproximação das duas narrações induziria o leitor a imaginar o mesmo paralelismo. É tão impossível quanto infantil propor um paralelismo temporal dessa natureza, *mais ainda quando desse paralelismo se procura depreender alguma ilação de ordem moral ou outra*, como quando se diz, por exemplo, que *enquanto* os amigos tomavam cerveja no bar e discutiam os rumos da revolução, "ele" estava sendo torturado numa prisão clandestina qualquer. Ou que *enquanto* o marido trabalhava, "ela" o traía com outro homem. O fato, qualquer que ele seja, a tortura ou a traição, assume uma grandeza desmedida em relação à sua real significação por fazer pressupor que a pessoa em questão — o amigo do torturado ou o marido traído — tem ou uma culpa imensa por divertir-se *enquanto* o amigo era torturado, ou é imensamente merecedor de imensa comiseração por estar sendo traído *enquanto* trabalhava. Mas o *enquanto* não existe para o ser humano, o *enquanto* só existe a partir de um ponto de fuga divino, uma vez que só para um deus o *enquanto* é possível, não tendo literalmente sentido algum para o ser humano. Ninguém é torturado enquanto um amigo se diverte, ninguém é traído enquanto sua mulher o trai. O torturado é torturado em seu tempo e o amigo se diverte em seu tempo, que é um outro tempo, assim como o marido trabalha num tempo e a mulher o trai, se isso tem algum sentido, num outro tempo. O *enquanto* só existe graças ao reforço que lhe dado pela literatura ou pelo cinema, pelo teatro, às vezes pela pintura — o que só pode significar que freqüentemente o artista ou o escritor ou o cineasta pretende assumir esse ponto de vista divino de quem sabe tudo e está acima de todas as coisas, o que é literalmente insuportável e talvez explique por que eu não poderia escrever sobre Niemeyer uma vez que, segundo Beatriz B., eu era exatamente um escritor. O que talvez explique por que eu não *deveria* escrever sobre Niemeyer. Esse *enquanto* é uma ilusão. Uma cruel ilusão, não uma ilusão qualquer. Uma verdadeira prisão intelectual e emocional. Da qual de certo modo eu me libertei porque mesmo ciente de que enquanto Niemeyer desembarcava na Argélia, provavelmente em Argel, para trabalhar, eu desembarcava no Egito, em Alexandria, *para nada*, sem por isso sentir culpa alguma e sem deixar de aproveitar minha curta temporada no Egito.

Um outro fato significativo nesse falso paralelismo entre o que eu fazia e o que Niemeyer fazia naquele momento, falso paralelismo ou paralelismo de divergências e de que em grande parte eu era consciente naquele mesmo momento, foi que enquanto Niemeyer ia em busca de seu futuro, ou de algo que para ele estava situado no futuro, eu andava atrás de um passado. Esta dissemelhança ou *dissemetria* não teve e não tem para mim nenhuma conotação pejorativa, no sentido em que Niemeyer pudesse estar fazendo algo melhor por andar em busca de seu futuro e eu, algo pior ou negativo por ter ido encontrar um passado. Nunca senti qualquer ansiedade em relação ao futuro e nunca imaginei o futuro como algo por si só essencialmente melhor ou positivo, ao contrário do que era comum pensar neste país naquele momento, e isto deve ter atuado como outro fator de minha dificuldade em começar naquele instante meu livro sobre Niemeyer. Eu não poderia, como não poderei, iniciar esse livro enquanto não conseguir entender a razão pela qual certas pessoas projetam para o futuro e, mesmo, projetam-*se* para o futuro, como eu mesmo possivelmente me projetei um dia, num passado mais distante, provavelmente em minha infância. Seja como for, naquele momento não extraí desse paralelismo de *dissemetrias* ou desse falso paralelismo nenhum juízo de valor, apenas constatei a possível diferença de pontos de vista entre Niemeyer e eu. Digo que fui em busca do passado, apesar de normalmente não querer me envolver com o passado, por ter ido atrás de uma cidade que Lawrence Durrell havia vivido e descrito décadas antes e sobre a qual eu havia lido em livros que exerceram sobre minha imaginação um fascínio poderoso, tão poderoso quanto perturbador. É verdade que por um lado havia esta coincidência específica entre meus planos e os de Niemeyer: ambos andávamos em busca de cidades. A mim, porém, não me interessava apenas uma cidade, mas todo um clima, um *estado de espírito*, um certo modo de relacionar-se com a vida e com o mundo que devia ter existido em determinados personagens, certamente de todo fictícios, em algum momento do passado, tal como em todo caso estava descrito nas páginas daqueles livros de Durrell. *Fantasmas.* Uma intenção de vida. Eu havia ido atrás de *uma intenção de vida* enquanto para Durrell tudo aquilo, todo aquele clima, aquele estado de espírito, tinha sido apenas *a vida ela mesma*, sem intenções, provavelmente, sem nenhuma intenção. Em Alexandria não encontrei nenhuma *intenção de vida*, como teria sido fácil prever, como era fácil ter previsto mas como eu ingenuamente não previ. Fui atrás de um escritor provavelmente menor em vez de ir atrás de um escritor maior, como muitas vezes, depois daquele episódio, Beatriz B. insistiu que eu fosse. Beatriz B. insistiu, mais tarde, que eu deveria ler Hölderlin, nascido em Lauffen, Wurtemberg, em 1770 e que, entregue a uma inspiração apaixonada, como Beatriz B. costuma dizer, produziu uma arte em tudo e por tudo clássica. Dizia Beatriz B. que Hölderlin tem sempre uma imagem e uma proposta estimulantes para cada estado de espírito do leitor, e que eu deveria ter lido Hölderlin há muito tempo, provavelmente já àquela época, em vez de perder tempo e me perder *existencialmente* com autores menores como Durrell em cujas ilusões e estados de espírito passados eu me deixara prender durante longo período, mesmo sendo possível identificar também em Durrell a presença de uma *inspiração apaixonada*. Mas Beatriz B. só me instigou a ir atrás de Hölderlin muito mais tarde, muito tarde, quando não havia mais qualquer possibilidade de eu substituir em mim um estado de espírito por outro. E francamente não sei se substituir os estados de espírito de um fantasista de meados deste século, Durrell, pelos estados de espírito de um fantasista morto em meados do século passado, Hölderlin, poderia ter-me ajudado em minha tentativa de entender *o estado de espírito de Niemeyer*, levando-me a começar o livro tantas vezes adiado, única coisa de fato importante para mim naquele momento. Sob o aspecto do *classicismo* haveria, talvez, uma ligação direta entre Hölderlin e Niemeyer, mas não era esse o ponto que me interessava na época e nada havia que eu pudesse fazer então para mudar meus sentimentos a respeito de Alexandria.

 A viagem foi em larga medida um fracasso emocional e físico, como talvez eu pudesse ter previsto. Nasser saíra do poder há um bom tempo e com ele deviam ter caído os sonhos de um país em desenvolvimento. Mais do que estar em ruína, Alexandria se imobilizara num estado anterior ao da ruína e ainda mais deprimente que o estado de ruína: *o estado de decadência*. Tudo estava como havia sido e a dupla tragédia materializava-se exatamente nisso: naquele momento histórico as coisas não deveriam mais ser como haviam sido e, obviamente, não eram mais tampouco como haviam de fato sido, não passavam de um simulacro degenerado do que haviam sido. Nos cafés, os balcões e os vidros e os cartazes *estavam como haviam sido*, por exemplo, na época do protetorado inglês ou na época de Durrell, quando alguém ainda poderia levar uma vida dupla trabalhando no serviço diplomático durante o dia e escrevendo romances à noite — desde que não se afligisse por estar a serviço durante o dia de uma política odiosa. Nos restaurantes, as mesas e cadeiras eram as mesmas dos anos 50, quando o coronel Nasser tomou o poder, no estilo modernista de pés de palito e arandelas oblongas como num quadro de Mirò. Mas tudo estava gasto, por vezes quase imperceptivelmente gasto porém gasto. Os prédios e os bondes, estes, estavam completamente corroídos. O que, em minha ingenuidade, eu havia esperado encontrar? A opulência sob Faruk, a opulência sob Durrell, uma opulência que provavelmente nunca existiu e que eu projetei em suas páginas, uma *opulência da mente*, uma nociva opulência de minha mente? O fato é que a viagem foi um fracasso, um desastre completo do ponto de vista conceitual e do ponto de vista emocional. Do ponto de vista *das paixões*, digamos assim. No hotel, baratas continuaram andando sobre as cobertas da cama e também sobre os móveis imensos que um dia haviam sido luxuosos, e continuaram andando no armário do banheiro onde deixávamos nossas escovas de dente. Baratas não tão grandes quanto as do navio mas em número, parecia a Beatriz B., bem maior. Era impensável escrever sobre Niemeyer naquele ambiente embora, se eu tivesse refletido melhor naqueles dias, teria encontrado ali mesmo, ao vivo, uma série de elementos concretos e conceituais que me poderiam explicar muito bem certas opções e a própria natureza do trabalho de Niemeyer. Não o fiz. De Alexandria fomos para o Cairo e o desastre continuou nessa cidade onde tudo, para Beatriz B., tinha *cor de areia*, dos prédios à luminosidade do céu nos fins de tarde. As baratas atravessavam incessantemente o chão do quarto e do restaurante do hotel, também em Alexandria, o que foi demais para Beatriz B. que, desistindo de voltar de navio, decidiu voar diretamente a Paris. Beatriz B. me abandonava pela primeira vez. Não sabia se a veria novamente. Deveria ter sido um alívio, eu poderia enfim começar a escrever sem me preocupar em encontrar um restaurante minimamente decente, sem ter de fugir das cenas de violência urbana tão intensas ali como aqui neste país (embora não o mesmo tipo de violência de hoje, claro), sem me preocupar em planejar passeios para ocupar o tempo morto, sem ter de procurar motivos para deslumbramentos comentados a dois. No entanto, não foi assim.

Naquele ano, como consta das notas publicadas por outros, Niemeyer passou muito tempo no exterior *em busca da beleza por toda parte*. Não sei mais quantas vezes li e reli essa observação e embora à margem da página que a contém eu tenha escrito uma data, como às vezes é meu costume, não posso dizer que aquela data, coincidentemente a mesma de minha viagem ao Egito, assinale a primeira dessas vezes. Essa é uma proposição estranha, *em busca da beleza por toda parte*, quando lida com a mente atenta, sem a preguiça das leituras apressadas. Durante muito tempo, ainda que não seguidamente, pensei no que essa observação, essa *descrição de um estado de espírito*, queria realmente dizer apesar de sua aparente clareza e simplicidade. Apesar de eu mesmo ter andado naquele momento *à procura da beleza em toda parte*, pois nunca fiz outra coisa embora pudesse não ter consciência clara de que assim fosse, desde o primeiro momento me senti inclinado a rejeitar aquela observação ou descrição de um *estado de espírito*. E percebi que, se não a entendesse, aceitando-a ou rejeitando-a com convicção, não poderia continuar com meu projeto de escrever sobre Niemeyer porque corria o risco de enganar-me sobre a *essência mesma* do que Niemeyer fazia, do que pretendia fazer. E durante muito tempo, como a rigor ainda hoje, não consegui nem entendê-la plenamente e aceitá-la, nem contestá-la de todo. Se não a tivesse lido, nunca me passaria pela cabeça a idéia de que Niemeyer andasse *em busca da beleza por toda parte* e isto, primeiro, porque essa beleza ele deveria *carregá-la consigo* por toda parte, caso contrário não a encontraria nunca. (Beatriz B. duvidou algumas vezes que eu a carregasse dentro de mim, o que demonstra sua incapacidade de entender-me minimamente que fosse.) Segundo, porque, se Niemeyer andou em busca de *alguma coisa* por toda parte, essa *coisa* talvez tenha sido muito mais algo como a *correção* do que a beleza, suponho. Difícil dizer se Niemeyer sempre quis encontrar antes a *medida bela* das coisas do que a *medida correta* das coisas que fazia. Pelo fato de imaginar, provavelmente de modo equivocado, reconheço, que o problema de Niemeyer era a correção é que tive e tenho uma dificuldade enorme de entendê-lo na totalidade de seus atos, o que me parece imprescindível para poder escrever sobre ele. *Correção* é uma palavra que pode ser entendida a partir de pontos de vista diferentes. A correção que Niemeyer buscava em seus trabalhos era da mesma natureza que a correção que poderia ou deveria existir *nas relações sociais e profissionais* que tornavam possível esses mesmos trabalhos, nas relações políticas que ele mantinha? Por exemplo, no mesmo ano em que Niemeyer partia para a Argélia e eu para o Egito, a acreditar nos cronistas e biógrafos de Niemeyer que já publicaram seus textos, Niemeyer concluía a idéia de um trabalho para o ministério do exército, o que não fazia muito sentido se, como escreveu um de seus cronistas, naquele mesmo momento Niemeyer sentia *tristeza* pelo que acontecia no país e mostrava freqüentemente sua *mágoa*, sua *angústia* e seu *protesto* diante de tudo aquilo pelo que eram responsáveis os militares. À distância, estando fora do país, eu tinha dificuldade para conciliar as *declarações* de Niemeyer, pelo menos segundo alguns de seus cronistas, com suas *ações* públicas. A idéia da correção me obcecava. Afinal, foi por uma questão de *correção* que um amigo se suicidou naquele mesmo período, embora não necessariamente no mesmo ano, não estou certo. Também ele deve ter sentido *tristeza* pelo que acontecia no país naqueles anos. Se não tristeza, certamente *angústia*. Acredito que não teve *disponibilidade emocional*, nem tempo, para sentir mágoa e tristeza. Para protestar, sim. Tentou protestar, com uma arma na mão. Voltada para as pessoas erradas, é possível dizer. Em todo caso, uma arma. Uma operação quase cômica, não fosse a tragédia resultante, e que apenas indiretamente levaria ao objetivo que ele pretendeu alcançar. Um assalto para financiar a guerrilha. Quando penso nessas coisas, elas me parecem pertencer a um outro mundo, um tempo inteiramente sem sentido. *Enquanto* eu estava preocupado com a beleza e a correção formal, meu amigo tentava praticar um assalto para financiar a guerrilha, me disseram depois. Um assalto falhado. Não foi preso mas as circunstâncias fortuitas que envolveram a ação o tornaram um perseguido, um ameaçado de morte. Teve de sair da cidade, do estado, fugir, esconder-se. Inutilmente. Acabou aplicando ele mesmo, sobre sua pessoa, a sentença que lhe tinha sido informal mas gravemente anunciada, embora seus motivos imediatos para o suicídio pudessem ser também de outra natureza, é provável. Quando se suicidou, percebi que nunca o havia compreendido, que nunca soubera quem de fato ele *havia sido*. Como pode matar-se uma pessoa que *eu* conheço?, perguntei-me naqueles dias. Se conheço uma pessoa, eu acreditava então, ela não se mata. Se ela se mata, é porque não a conheço. Esse era o tipo de raciocínio ingênuo, completamente fora da realidade, com que me debatia naquela época. O choque emocional em que mergulhei foi grande, como é ainda agora quando rememoro o fato. Um choque emocional e um choque intelectual. Em todo caso, um choque conceitual. Podia não ser evidente mas o suicídio de meu amigo ligava-se intimamente ao universo de preocupações assumidas a partir do instante em que decidi escrever um livro sobre Niemeyer. Devia haver uma *falha* entre o que os cronistas e quase-biógrafos de Niemeyer relatavam a respeito de suas declarações e suas ações concretas, imaginava eu, assim como devia ter havido uma falha nas relações entre eu e meu amigo suicida, uma falha de natureza aproximada (ou idêntica) à que mais tarde se verificaria nas relações entre Beatriz B. e eu, nome de ressonâncias para mim desde o começo simplesmente implausíveis.

É fácil entender porque não me era possível, naquele momento, começar o livro *sobre* Niemeyer. Era como se a cada dia, a cada momento, surgissem novos obstáculos que me tornavam *objetivamente impossível* escrever qualquer coisa sobre meu assunto predileto, sobre um tema que, me parecia, poderia explicar ou revelar muito de minha própria condição. Descobria que, quanto mais refletia sobre Niemeyer e seu trabalho, quanto mais lia sobre o que ele dizia ou fazia, menos o entendia e à sua realidade, que de certo modo era minha própria realidade. Era minha realidade naquele tempo e é minha realidade neste tempo agora, neste tempo atual, descubro. Nesse intervalo, que vai do instante indeterminado em que decidi escrever sobre Niemeyer ou da viagem a Alexandria ou da *conversa decisiva* com Beatriz B. até este momento agora, descobri, para meu espanto, diria mesmo *para meu pavor*, que *a realidade é atemporal.* A realidade do suicídio de meu amigo permanece em mim e se junta à realidade de minha viagem a Alexandria, que continua perfeitamente vívida em mim, e se junta à extrema realidade de minha *conversa decisiva* com Beatriz B. e à realidade concreta dos trabalhos e das declarações de Niemeyer e à realidade degradante e degradada deste atual momento, agora. São realidades que se juntam sem terem sido e sem serem simultâneas, e essa talvez seja a maior dificuldade que sinto para iniciar meu trabalho. Ou encerrá-lo. Como lidar com realidades atemporais que, não sendo e não tendo sido simultâneas, são de algum modo concomitantes? A que conceito ou explicação recorrer? Não podia recorrer à *física*, que longinquamente poderia ter algo a ver com o tempo, com Niemeyer e comigo mas que, li num caderno de supostas reflexões de Wittgenstein, limita-se a *descrever casos de concomitância sem explicá-los*. E tampouco podia recorrer a qualquer das outras disciplinas que dela derivam, como a *mecânica*, ou que derivam da mecânica, como a *psicanálise*. Esta era a realidade naquele momento e esta a realidade neste momento. Quer dizer, *a mesma realidade*. O que não é uma idéia reconfortante.

Sempre houve entre mim e Niemeyer, por outro lado, uma diferença de tendência ou de *modo* cuja importância para as relações entre nós, imaginárias sob um aspecto e nada imaginárias sob vários outros, só me ficou clara num segundo momento mas que deve ter começado a exercer desde os primeiros instantes sua ação impeditiva sobre meus planos de escrever um livro a respeito dele. Digo *relações imaginárias* porque, se mantenho uma densa relação subjetiva com Niemeyer, e que não é apenas abstrata pois tem freqüentemente um reflexo em meu próprio corpo senão em minha própria carne, Niemeyer não tem relação alguma comigo uma vez que ignora por completo minha existência. E ignorará para todo o sempre, não tenho qualquer intenção de encontrar-me com ele seja qual for o motivo, menos ainda por algum motivo relacionado com o livro que um dia terei de escrever. Não creio imprescindível conhecer diretamente a pessoa sobre a qual se vai escrever ou se pensa escrever. Excelentes livros foram escritos sobre pessoas mortas cinqüenta, cem, duzentos anos antes que a primeira linha sobre elas fosse escrita pelo autor, mostrando que a suposta vantagem de ter vivo, diante de si, o sujeito de um livro é uma vantagem ilusória. No meu caso, como repito sempre, o fato de Niemeyer estar vivo é, mesmo, um impedimento à materialização de meu projeto. Um impedimento doloroso, até.

 Essa diferença de tendência ou modo tornou-se perfeitamente clara para mim a certa altura de minha vida embora eu pudesse tê-la identificado muito mais cedo. É espantoso como permanecemos durante longo tempo inconscientes de coisas e aspectos nossos, que nos dizem intimamente respeito e tanto significado têm para nossas vidas. Eu deveria ter dito isso na primeira pessoa, não posso ter certeza se é assim que acontece com todos ou se sou eu apenas que me sinto particularmente afetado por esse fenômeno ou, quem sabe melhor, por esse traço caracterial. O fato é que apenas a certa altura de minha vida, bem depois de minha viagem a uma Alexandria que existira apenas em páginas de livros, me dei conta de minha tendência para realizar *coisas inúteis* ou sem finalidade clara, como escrever livros, enquanto a vida de Niemeyer consistia em fazer coisas que sempre serviriam a algum objetivo, por mais variado e mais contestado que fosse, como de fato contestado foi e tem sido. Percebi que nunca, sob nenhum aspecto, eu havia feito ou fazia ou faria algo que tivesse uma finalidade precisa, uma utilidade identificada e como tal reconhecida. Um traço inerente a minha personalidade, parece. Diria um traço *natural* em minha personalidade, não fossem minhas dúvidas quanto ao sentido exato dessa palavra. Nada de finalístico, nada de utilitário no que fiz. Vivi a vida toda em meio a minhas ações *gratuitas*. Esta constatação não me incomoda sob nenhum hipotético ângulo moral ou ético, não se trata disso. Apenas passei a me perguntar, desde que identifiquei em mim esse *modo*, se não estava aí minha dificuldade de começar o livro sobre Niemeyer, uma vez que, em Niemeyer, tudo tinha e tem *um fim*, tudo que fazia e faz devia e deve ter uma finalidade, como em todo caso ele mesmo afirma. São dois modos de encarar a vida, de representar para si mesmo a própria inserção no espaço pessoal e coletivo, modos completamente distintos, e essa divergência deve impedir-me o entendimento da vida, das ações e do projeto dele. Eu nada faço de utilitário, ele não pode fazer nada que não tenha uma utilidade: como pode uma personalidade destas entender a outra, neste caso como posso eu entender Niemeyer já que Niemeyer nunca se colocará o problema que é entender-me?

O mesmo tipo de dificuldade devo ter experimentado em minha relação com Beatriz B. Beatriz B. (Quanto mais escrevo esse nome mais fictício ele me parece, mais Beatriz B. parece inconsistente, mais Beatriz B. se esfuma, menos existente Beatriz B. parece ter sido, se esse é um *modo* adequado de colocar as coisas.) Digo *esta deve ter sido uma de minhas dificuldades com Beatriz B.* porque Beatriz B., ao contrário de mim e como Niemeyer, sempre procurou fazer *coisas úteis* ou, em todo caso, coisas que resultassem em algo de muito prático, como ganhar dinheiro por exemplo. Depois de tê-la encontrado em Paris, num momento em que Niemeyer devia estar ali também pois tinha um trabalho a realizar no Havre, e depois de nossa inútil viagem a Alexandria, que ela *não pôde suportar* como me disse várias vezes, *simplesmente não pôde suportar*, acabamos por voltar a este país e aqui, no retorno, ela se decidiu a *ganhar dinheiro com arte*, o que me pareceu sempre uma idéia absolutamente irracional e, mesmo, risível — antes de mais nada, por estarmos *neste país*. O tipo de arte com que Niemeyer lidou e lida sempre foi congruente, por assim dizer, com a acumulação de dinheiro. O tipo de arte com que Beatriz B. queria trabalhar jamais poderia trazer-lhe, e a mim através dela, uma quantidade significativa de dinheiro. Mas ela passou a agir desconhecendo amplamente minhas objeções, que considerava inconsistentes e resultantes de meu comodismo. Nunca considerei que minha tendência para atividades inúteis ou sem finalidade resultasse de algum comodismo, mesmo reconhecendo que assim podia parecer às vezes. Eu diria, antes, que se me entregava a atividades sem finalidade ou inúteis era mais — caso se queira atribuir a causa desse comportamento a algum traço censurável de personalidade — por orgulho e soberba. Desconfio que essas palavras, porém, não fizessem sentido para Beatriz B. àquela época, pelo menos não enquanto associadas a meu comportamento. Beatriz B. passou por cima de minhas objeções, de meu *pessimismo* como ela dizia, e tentou vender projetos culturais para donos de agências de carros, por exemplo, o que me pareceu demência pura! Não havia lógica alguma no que ela pretendia fazer, embora eu tivesse de reconhecer (e o fazia naquele instante mesmo, não apenas depois, como é comum acontecer comigo) que, se há alguma lógica neste sistema e neste país, essa será sem dúvida uma dessas lógicas que Beatriz B. punha em prática, uma lógica *informe e imaterial*. Eu a acompanhei a algumas das visitas, por insistência dela. Eu, mergulhado nos meus problemas conceituais com o livro que pensava escrever, que então queria escrever — problemas absurdos, sou o primeiro a reconhecer, comparado aos *problemas da realidade* — tendo de acompanhá-la para ouvir as banalidades supostamente sofisticadas que envolviam aquelas conversas e transações sobre a possibilidade de se misturar carros com arte, neste país. Os donos das lojas de carros, e era isto que me incomodava profundamente, queriam ser *convencidos* de que misturar arte com carros podia aumentar suas vendas ou fazer seus negócios parecerem mais nobres. A idéia era estapafúrdia, provavelmente tanto para eles quanto para mim. Menos para Beatriz B. E eles queriam ser convencidos. Meu comportamento teria sido (digo *teria sido* porque Beatriz B. nunca me deixou praticá-lo) chegar, expor a idéia e ir embora ao primeiro sinal negativo mas Beatriz B. me dizia que isso era simplesmente absurdo, que havia um ritual a seguir e que todos esperavam seguir o ritual, fosse qual fosse o resultado. Como os donos das lojas de carro nada tinham a fazer em suas lojas a não ser, talvez, conferir o movimento bancário de suas contas, deviam achar um passatempo agradável ouvir Beatriz B. falar sobre as improváveis vantagens da associação entre carros e arte, ainda mais sendo Beatriz B. uma mulher bela e atraente, com um toque atrevido no olhar quando queria. Era evidente que o interesse deles recaía mais sobre Beatriz B. do que sobre seu projeto, o que para mim era fonte de compreensível irritação. Beatriz B. pensava de modo diferente, dizia que tudo isso fazia parte do ritual necessário envolvendo os projetos finalísticos ou *práticos*, como ela preferia chamá-los, o que eu previsivelmente devia mesmo considerar estranho e inaceitável, dada minha *tendência para as coisas inúteis*. Não sei dizer, não sei *mais* dizer, quem tinha razão. O fato é que apenas um daqueles donos de lojas de carro interessou-se mais intensamente pelo projeto de Beatriz B. embora na verdade o interesse dele, como de todos os outros, fosse apenas por Beatriz B., que acabou (suponho) tendo *um caso* com ele, como se diz, causa imediata de nossa separação definitiva. Não tanto em virtude do caso em si mas por eu ter descoberto que Beatriz B. *não era a mulher que eu pensava ser* ou que eu *queria que fosse.* Como poderei um dia entender Niemeyer e escrever sobre ele se não fui capaz de entender Beatriz B. e entender-me com ela exatamente por causa desse contraste entre nossas atitudes com relação às *coisas utilitárias?* Não foi esse, claro, o único motivo de meu rompimento com Beatriz B. — mesmo que eu não saiba quais foram afinal os *reais* motivos desse rompimento —, assim como não foi esse o único motivo que me impediu e me impede de escrever meu livro *necessário* sobre Niemeyer. Houve outros, cada um com sua própria importância, uns mais importantes, outros menos. Um, por exemplo, de início pareceu representar outro obstáculo intransponível. Este assumiu a forma de uma declaração de Niemeyer que, lida nas palavras de outro de seus inúmeros biógrafos, no começo chegou a me abalar. Niemeyer declarou, anos depois de sua estada na Argélia, que todo seu trabalho, ao contrário do que acreditara em sua juventude, *não era uma coisa decisiva e fundamental,* ele disse, porque havia problemas mais graves *ligados à vida,* como ele declarou. Esta poderia ter sido uma declaração capaz de aumentar a distância entre minha vida e a vida de Niemeyer e de representar outro obstáculo diante de meu projeto de escrever sobre ele. Mas, se assim de fato aconteceu durante algum tempo, mais tarde eu mesmo passei a ter opinião semelhante à dele sobre a significação de meu próprio trabalho, de meu próprio projeto de vida, escrever um livro, quando comparado com *a vida ela mesma.* Como Niemeyer, cheguei a pensar, há muito tempo, que meu trabalho em si, o trabalho a que pretendia me dedicar, escrever um livro, era mais importante que tudo, mais importante que a vida ela mesma. Mais tarde, como Niemeyer, porém depois dele, mais tarde do que ele, cheguei à conclusão que não era assim, que esse trabalho ou projeto não era em *si uma coisa decisiva e fundamental* e que havia *problemas mais graves ligados à própria vida*, exatamente como Niemeyer declarou ou teria declarado. O problema é que me custou muito chegar a essa conclusão, da qual não sei ainda se estou completamente convencido. Tem sido muito difícil convencer-me de que essa conclusão é bem fundada porque ela se choca frontalmente com imaginações, representações e desejos muito fundamente enraizados em mim, como deviam estar fundamente enraizados em Niemeyer as imaginações, representações e desejos semelhantes relativos a seu trabalho. Esse choque assumiu em mim proporções tão fantásticas que cheguei a desconfiar da seriedade de Niemeyer no momento dessa declaração, do mesmo modo como desconfio de meu próprio convencimento quanto ao fundamento daquela descoberta. E se a descoberta dessa declaração acabou por transformar-se ela também em obstáculo e fonte de perturbação para meu projeto de escrever o livro sobre Niemeyer, foi porque comecei a perguntar-me por qual caminho havia seguido a vida dele e o que havia acontecido com ele a ponto de levá-lo a dizer aquilo, assim como comecei a perguntar-me sobre o que havia acontecido *com minha própria vida* que me levara a admitir essa mesma idéia que há vinte ou trinta anos atrás teria me parecido um disparate completo, uma insanidade absoluta e um indício claro de que quem a formulasse não merecia, praticamente, *viver*, tão radical era minha posição sobre a predominância absoluta de um projeto como esse (escrever um livro, no meu caso, fazer o que Niemeyer fez, em seu caso) sobre a própria vida. Sem primeiro chegar a uma conclusão sobre se realmente há ou não problemas mais sérios do que os ligados ao próprio projeto de vida, e que seriam aqueles *ligados à vida* ela mesma, sem projetos, não saberei dizer se é oportuno escolher Niemeyer como tema para um livro e se é oportuno escrever *algum* livro sobre o que quer que seja.

Neste momento, não sei onde Beatriz B. possa estar. Beatriz B. *sumiu de minha vida*, como se costuma dizer. *Mesmo assim*, meu livro sobre Niemeyer não progrediu absolutamente nada, está parado, com milimétrica precisão, no mesmo ponto onde se encontrava há duas décadas, o que significa em ponto nenhum, e assim eu deveria reconhecer a tolice que é procurar uma *explicação causal* para fatos como este. Quero dizer, procurar uma *explicação causal precisa* para não ter começado o livro sobre Niemeyer. (Eu nem deveria ter dito *mesmo assim*, uma vez que assim incorro no mesmo vício deformante da procura de explicações, do qual, é evidente, não estou livre.) Demoradamente formei em mim mesmo o hábito de pensar que minha convivência com Beatriz B. era a *causa* da demora em começar a escrever o livro sobre Niemeyer, ou pelo menos uma das causas, uma das causas principais. Não seria de uma hora para outra que me livraria desse hábito. Minha inclinação para procurar causas data na verdade de muito mais longe, de uma época em que eu não podia sequer desconfiar da existência de Beatriz B. E essa inclinação, pensando bem, sempre me trouxe problemas. Mesmo deixando de lado a questão da presença de Beatriz B. como elemento impeditivo de minha dedicação ao livro sobre Niemeyer, desde o primeiro momento em que comecei a pensar nesse livro a procura de causas explicativas foi para mim um problema. Provavelmente sempre estive inclinado a admitir que procurar explicações causais para a arte, em todas suas formas, é não apenas inútil como, no mínimo, uma demonstração de *constrangedora insensibilidade* diante das questões estéticas, além de configurar uma tentativa mesquinha de reduzir a arte a esquemas previamente determinados. Esta crença tornou desde logo duplamente árduo de alcançar meu objetivo de escrever sobre Niemeyer, pois se por um lado tinha de evitar procurar explicações causais em sua obra, por outro não podia resistir a buscá-las quando relacionadas com todos os outros aspectos de sua vida. Que a obra de Niemeyer tem a ver com a arte, me parece evidente, por mais que ele mesmo (talvez em momentos de desânimo) e seus comentadores e biógrafos possam dizer que o resultado de sua ação sempre esteve marcado pelo *finalismo*, pelo destino e pela destinação que sua proposta teria ou poderia ter, tornando assim sua obra aparentemente avessa aos domínios da arte. Por outro lado, sempre seria obrigatório considerar todo um universo existente *ao redor* da obra de Niemeyer e que no entanto está vinculado a ele enquanto pessoa e que pede ou é receptivo a explicações causais. Impedir que a busca dessas explicações num campo contamine o comportamento a assumir diante do outro campo, o da obra de Niemeyer como forma de arte, não é nada fácil. Eu não via e não vejo como escrever um livro sobre Niemeyer sem de algum modo entrar no domínio das explicações causais, mesmo ciente de que um dos grandes equívocos deste século, algo realmente insuportável, tem sido a ênfase nas *interpretações*, sobretudo nas interpretações baseadas em explicações causais. Se há algo que eu gostaria de evitar em meu eventual livro sobre Niemeyer era apresentar-me como mais um *explicador* de Niemeyer. Quando pela primeira vez me surgiu a idéia de escrever sobre Niemeyer eu não pensava isso, claro. Não pensava isso nem o contrário disso, a questão da interpretação e das explicações simplesmente não era uma questão para mim uma vez que me parecia então de todo natural *explicar as coisas*. Fascinava-me a explicação, eu era um legítimo obcecado pelas explicações. Depois, sim, foi impossível deixar de confrontar-me com esse problema. Agora, francamente não sei mais. Se ainda acredito ser um completo equívoco buscar explicações causais, que são sempre explicações *mecânicas*, ou mesmo apenas procurar interpretar seja o que for, por outro lado me vejo mergulhado numa *trama assombrosa* de explicações e tentativas de explicação da qual não me vejo escapando. Se não for possível encontrar explicações causais pelo menos para determinados aspectos do trabalho de Niemeyer, meu propósito de escrever um livro sobre ele estaria destinado ao fracasso desde o primeiro instante. O nó a destrinçar, do ponto de vista das explicações causais, está *nas relações entre Niemeyer e sua obra*, não em sua própria obra nem na elaboração de meu livro considerado em si mesmo, uma vez que por trás do projeto de escrever esse livro não residia nenhuma *idéia artística* ou qualquer outra idéia que tivesse qualquer coisa a ver com a arte. Em algum momento anterior à presença de Niemeyer e de Beatriz B. em minha vida — um passado tão distante que me parece mais do que estranho: ridículo — posso ter imaginado que escrever um livro, qualquer livro, até mesmo um livro sobre o tema que afinal escolhi, seria uma atividade ligada à arte. Mas isso já faz muito tempo. E quando Beatriz B. desapareceu de minha vida sem que eu conseguisse encontrar um modo de começar meu livro sobre Niemeyer, me vi forçado, como me vejo agora, a reconhecer que não apenas a arte não admite explicações causais como *também as relações pessoais não admitem explicações causais*, mesmo no caso em que essas relações acabem marcadas ou atravessadas, assim como se diz que a bateria de uma escola de samba atravessou o samba, pelo *fenômeno* bem pouco ligado à vida que é *escrever um livro*, como ficaram atravessadas minhas relações com Beatriz B. Percebo, e mais do que percebo, sinto, é claro, as contradições, os paradoxos envolvendo toda esta questão: se um fenômeno não está ligado à vida, há bem poucas outras coisas a que ele pode estar ligado se não for à arte, o que faria de meu *projeto* (uso esta palavra mesmo com a aversão que sinto por ela) *de todo modo* um fenômeno artístico, portanto impermeável desde sempre às explicações causais ele também, o que me deveria ter aberto os olhos para a situação em que me encontrava. Mas, não. O fato é que com o desaparecimento de Beatriz B. e a permanência de meu projeto de escrever este livro *no mesmo ponto* em que sempre esteve, quer dizer, no do ponto zero e até mesmo antes do ponto zero, fui obrigado a admitir que também as relações pessoais não admitem explicações causais, ao contrário do que os psicanalistas, por exemplo, sempre deram a entender. Devo admitir que durante boa parte de minha vida anterior — anterior, quero dizer, a meu encontro com Beatriz B. e a minha decisão de escrever sobre Niemeyer — fui igualmente fascinado pela psicanálise e seus procedimentos de explicação causal a que amadoristicamente eu por vezes me entregava como quase todos de minha geração intelectual. Com a exceção, é provável, de Niemeyer. Fascinei-me pela psicanálise mas nunca fui fraco (expressão que Beatriz B. odiava quando eu a empregava em contextos como esse) a ponto de deixar-me psicanalisar, ao contrário de Beatriz B. que passou toda sua vida, pelo menos a parte de sua vida que passou comigo, *fazendo psicanálise*, como ela dizia. (Como todos dizem, na verdade, usando essa expressão tão curiosa quanto inadequada e intragável.) Creio mesmo que foram os cíclicos períodos em que se *submeteu à psicanálise* que contribuíram para nossa separação, mesmo que eu esteja atento, repito, à impropriedade que é encontrar explicações causais também para as relações pessoais e os fatos pessoais. Eu vivia repetindo para Beatriz B. — nome que, de modo curioso para mim mesmo, percebo como sempre mais e mais fantasioso a ponto de perder qualquer tom realístico que um dia possa ter tido —, que a psicanálise me interessava como *poesia* e que não me via gastando meu pouco dinheiro com *consultas* a psicanalistas que teriam o mesmo efeito que *consultas* com videntes, cartomantes ou sacerdotes, os quais em todo caso me cobrariam muito menos e não me impediriam de fazer uma viagem, por exemplo, que me eliminaria temporariamente alguns *problemas interiores* que eu poderia ter e que era tudo que eu poderia querer, isto é, que esses problemas fossem eliminados pelo menos *temporariamente*. Eu costumava dizer a Beatriz B. que preferia ver-me a mim mesmo viajando em vez de imaginar o psicanalista viajando com meu dinheiro, ao que ela invariavelmente respondia que eu demonstrava neste caso um comportamento em tudo e por tudo acientífico e mesmo anticientífico. Eu dizia, sem qualquer violência verbal, que ela estava equivocada e que as idas ao psicanalista revelavam nela uma inércia interior, uma *inércia volitiva*, da qual ela um dia se arrependeria, quando não mais houvesse tempo para fazer qualquer coisa que reequilibrasse sua condição. A isto ela costumava responder com um clichê, e sempre me incomodou ver uma pessoa como Beatriz B. recorrendo a clichês, no caso o clichê segundo o qual eu oferecia *resistência à psicanálise*, como lhe dizia o psicanalista a que Beatriz B. recorria no momento, segundo ela me dizia. Eu ficava consideravelmente *indignado* com a idéia de que Beatriz B. e seu psicanalista pudessem discutir coisas a meu respeito sem eu estar presente, mas este sentimento nunca impediu nem Beatriz B., nem seu psicanalista do momento, de continuar a assumir esse comportamento. Beatriz B., pensando nisto agora, nunca deu sinal de compreender o que fosse *indignação*, nunca a vi indignada com o que quer que fosse. Inversamente, a indignação sempre foi uma estrutura de meu comportamento e de meu sistema intelectual, o que pode ter sido outro motivo para nosso rompimento. Beatriz B. não apenas não se indignava como considerava *excessivas* algumas de minhas demonstrações de indignação, talvez mesmo mais excessivas, se cabe esta expressão, que as de Niemeyer, por quem Beatriz B. tampouco sentia particular empatia, para colocar as coisas de uma maneira eufêmica.

Era difícil escrever nesse *ambiente doméstico*, apesar de uma afirmação como esta configurar uma explicação causal, como as pretendidas pela mecânica psicanalítica ou pela mecânica que é a psicanálise, e apesar de não mais me parecerem relevantes as explicações causais. Agora, Beatriz B. não está mais a meu lado, ou sob o mesmo teto ou *entre as mesmas paredes*, e mesmo assim não comecei meu livro. Ela está provavelmente no exterior, e eu estou aqui neste país. Ela está lá fora e eu continuo neste *país grotesco*, não fazendo nada a não ser, como me dizem os jornais e a TV, esperando ser morto a qualquer instante, esperando ser assassinado a qualquer instante por razões que nada têm a ver com Beatriz B. ou com meu livro sobre Niemeyer ou com o dono da loja de carros com quem acabei me envolvendo por causa de Beatriz B., mas esperando ser assassinado *por nada*, por uma futilidade cotidiana qualquer, por alguém querer meu carro usado ou qualquer outra coisa que eu tenha sobre meu corpo ou a meu redor. Niemeyer logo percebeu, pelo menos percebeu-o no momento mais importante de sua carreira, creio, a contradição entre essa *expectativa de ser assassinado a qualquer instante* e a natureza mesma de sua obra e de seu processo de criação, sobre o que pretendo escrever se, antes, conseguir compreendê-los. Em algum momento, no interior da idéia mais íntima que Niemeyer ele mesmo se fazia de sua obra futura, deve ter figurado fortemente a idéia da utopia, de tal modo que seus planos certamente incluíram a noção de um *futuro melhor* para os que se colocassem ao alcance de suas obras. Quando se deu conta de que a *realidade objetiva* invadia o plano de suas obras e as distorcia por completo, talvez de uma maneira perene, deve ter ficado chocado. Não creio que haja outro nome para sua reação a não ser *choque*. De todo modo, revendo as anotações sobre ele, as fotografias que o apreenderam em vários momentos de sua vida e em diferentes lugares por onde andou, fotografias muito mais numerosas, incomparavelmente mais numerosas, do que as que gravaram minha própria imagem, não parece que Niemeyer tenha se perturbado excessivamente com o estado de coisas deste país, estado que a mim, no entanto, afeta e muito, em particular essa sensação, essa premonição da iminência de ser morto estupidamente, que me faz adiar sucessivas vezes o início de meu livro. Que me faz adiar, às vezes, sinto isso claramente, o início de minha vida. Não precisaria ser assim mas é assim. Tanto Niemeyer não parece afetar-se por esse estado de coisas que continua a desenvolver seus projetos, *enquanto* eu não consigo começar o meu, convencido da absoluta inutilidade deles todos — os meus e os de Niemeyer. Para não ser demasiado infiel a Niemeyer, ele disse, uma vez, informalmente, que apesar de ser a vida cheia de grandezas, como ele disse, sempre *a sentimos cruel e sem perspectivas*. Não sei até que ponto Niemeyer era sincero ao dizer isso. Não que ponha em dúvida suas palavras, mas me pergunto se o que Niemeyer disse sobre *a vida e suas perspectivas* era algo que brotava do mais fundo de seu ser ou se constituía apenas numa espécie de *tela deformante* momentânea de suas idéias. Digo isto porque, conforme escrevem seus estudiosos e biógrafos, sempre houve *otimismo* em suas obras. Se sempre houve otimismo em suas obras, Niemeyer só poderia dizer o que disse sobre a falta de perspectivas se, em sua vida pessoal, ele próprio não fosse assim tão otimista. Observo, outra vez, que sem conseguir entender esse choque *entre a vida e a obra de uma pessoa*, não vejo como seja possível escrever sobre uma e outra coisa, vida e obra, o que é uma constatação enormemente exasperante. *Desesperante*, mesmo.

Beatriz B. certamente tinha uma outra interpretação, uma *interpretação pessoal*, a respeito da obra de Niemeyer e suas relações com as condições de vida neste *país grotesco*, condições de vida que não me angustiavam tanto quando vivíamos juntos mas que, e Beatriz B. anteviu isto com *perfeita clareza*, iriam inevitavelmente criar num futuro imediato um *círculo de ferro* a meu redor, como ela me dizia, especialmente porque eu não conseguia (e no fundo não queria) adaptar-me à *realidade concreta*. Isto ela me repetiu inúmeras vezes e quase certamente eu jamais teria acesso a essa representação de mim mesmo não fosse pela perspicácia e contundência de sua observação: eu não me adaptava e nunca me adaptaria a este *país grotesco*. A expressão *país grotesco*, preciso destacar este ponto, não é dela mas minha, Beatriz B. nunca disse nada parecido embora possa eventualmente ter pensado a mesma coisa — mesmo sem a intensidade que essa idéia tinha para mim e sem a pressão que essa idéia exerce sobre minhas outras idéias e sobre minha personalidade inteira. Beatriz B. apenas observou que eu não me adaptava a este país, e não precisou sequer insistir comigo para que eu concordasse com sua observação, tão nítida e pertinente foi a imagem que Beatriz B. traçou de minha personalidade sob esse aspecto. Dupla adequação, a dessa imagem: quanto a minha incapacidade de adaptação e quanto ao aumento gradativo de minha angústia diante da realidade deste país. A análise que Beatriz B. fazia de mim *sob esse aspecto* era de todo adequada, mas nunca pude concordar inteiramente com outras interpretações suas a respeito de tantos outros assuntos, uma variedade enorme de outros assuntos. Disse que Beatriz B. certamente tinha uma outra interpretação da obra de Niemeyer porque, pelo menos a partir de determinada altura de sua vida, Beatriz B. *decidiu* que deveria ter uma interpretação pessoal de tudo, o que a meu ver é algo bem diferente de se ter *naturalmente* uma interpretação pessoal das coisas gerada por um movimento espontâneo do intelecto, e não e por um *movimento calculado* do intelecto. Analisando esse fenômeno *retrospectivamente*, portanto correndo todos os riscos de falsificá-lo (sei que a falsificação é de fato inevitável), tenho a impressão de que essa tendência de Beatriz B. tomou corpo a partir do instante em que decidiu multiplicar suas sessões de psicanálise porque, como ela dizia, *ela não estava agüentando mais*. E meu sentimento é que essa tendência de ter uma opinião firme sobre tudo finalmente se materializou porque Beatriz B. queria ter *interpretações pessoais* para opor às *minhas* interpretações pessoais, como ela mesma reconheceu numa de nossas inúmeras discussões já no fim de nossa *relação*, como é hábito dizer. De um modo ou de outro, ela começou a se construir opiniões pessoais sobre todos os assuntos e uma delas, sobre Niemeyer exatamente, era que existia uma *contradição profunda* entre as obras de Niemeyer (e o que Niemeyer declarava a respeito delas) e a *situação social* que as emolduravam porque, Beatriz B. insistia, na verdade as obras de Niemeyer *contribuíam para provocar aquela situação social opressora* que tanto me angustiavam. E isto porque, dizia Beatriz B., as obras de Niemeyer *tinham saído diretamente dessa situação opressora* que me levava, como leva ainda, décadas depois de nossas conversas sobre o assunto, a esta sensação insuportável de nada mais estar fazendo neste país a não ser esperar por uma morte estúpida num estúpido incidente de uma rua qualquer que um dia foi urbana e que hoje está sempre, como todas, *à beira da barbárie*. As obras de

Niemeyer, dizia Beatriz B., eram filhas da *carranca mais autoritária* deste país, ao qual convinham tão bem. As opiniões de Beatriz B. foram consideravelmente respeitadas, durante um certo tempo, depois do caso que a envolveu com o dono da loja de carros (mas não por isto, claro). Já eram opiniões respeitadas mesmo antes — antes, digo, de nossa viagem a Alexandria, a bizarra viagem que fizemos *atrás de Niemeyer* embora ele fosse para uma ponta da África e nós para a outra. Viagem que *eu* fiz, em todo caso. Beatriz B. estava comigo, pelo menos durante parte da viagem, mas não fez nenhuma *viagem atrás de Niemeyer*, ou à procura de Niemeyer, como eu fiz, porque esse era um tema que então não lhe interessava, assim como não fez nenhuma viagem *atrás de Alexandria*, atrás de uma Alexandria livresca, quero dizer, porque mesmo tendo lido aqueles mesmos livros de Durrell na mesma época em que eu e os amigos os havíamos lido, Beatriz B. tivera o bom senso de não de deixar aprisionar em nenhum instante por essa *rede alucinada* de relações imaginárias e irregularmente perturbadoras que a leitura de *obras de ficção* tão facilmente produz. A personalidade de Beatriz B. sempre teve uma constituição diferente da minha e da nossa, quero dizer, do grupo que então freqüentávamos. Sempre teve os pés no chão, como se diz, e, pensando retrospectivamente no que aconteceu, se Beatriz B. me acompanhou naquela viagem foi um pouco por *curiosidade turística* e outro tanto por condescendência para com minhas fantasias numa época em que ela, imagino, ainda estava emocionalmente envolvida comigo. Ou, pelo menos, *sexualmente* envolvida comigo.

Em todo caso, suas opiniões foram respeitadas, numa certa época. Ainda agora, é provável. Perdi o contato com ela, o que não significa que não saiba ou não intua o que Beatriz B. esteja fazendo ou tentando fazer neste momento. Não quero e não penso desmerecê-la dizendo que suas opiniões eram respeitadas antes de mais nada porque Beatriz

B. passou a ser uma *pessoa opiniosa* — o que, para mim, significa uma pessoa que não é simplesmente teimosa mas que *insiste em suas opiniões*. As pessoas se deliciam quando se vêem diante de alguém que insiste em suas opiniões, mesmo (talvez *acima de tudo*) quando as opiniões dessa pessoa contrariam as delas. E as opiniões comuns. As *opiniões comuns*! Por mais que digam o contrário, as pessoas se extasiam quando se vêem repetidamente contrariadas em suas opiniões por uma *pessoa opiniosa*, quer as opiniões desta *pessoa opiniosa* sejam adequadas ou não. Não quero sugerir que as opiniões de Beatriz B. fossem inadequadas, apenas digo que, por mais que seus interlocutores rejeitassem *conceitualmente* suas opiniões, o charme com que elas as repetia e a insistência em reapresentá-las, às vezes sob uma roupagem um tanto diferente, às vezes sob as mesmas vestes, dobravam toda resistência que gostariam de opor-lhe. Sua presença física, mais do que sua beleza, sempre representou um papel destacado no modo pelo qual suas opiniões foram recebidas. Alta, cabelos longos que podiam ser penteados em diferentes estilos, ou às vezes cabelos bem curtos, Beatriz B. ora usava roupas que seguiam um certo figurino conhecido, embora fossem sempre roupas caras e de bom gosto e reservadamente elegantes, como se diz, ora enfiava-se dentro de tecidos e panos, mais do que roupas propriamente ditas, extremamente vistosos e chamativos. Nesses dias, Beatriz B. colocaria vários colares e várias pulseiras sobrepostos e não hesitaria em sair à rua no centro de um festival de cores e sons extraídos das peças de metal. Aos poucos, Beatriz B. foi preferindo cada vez mais esta segunda forma de indumentária, acrescentando-lhe toques indiscutivelmente espalhafatosos que, de modo surpreendente, a meu ver, agradavam às pessoas. Em especial quando Beatriz B. fazia acompanhar esse conjunto por trejeitos com a boca e os olhos que eu só poderia descrever como *coquetes*. Nunca gostei que Beatriz B.

fizesse isso, enquanto estivemos juntos, porque obviamente eu ficava numa situação incômoda diante de seus interlocutores masculinos. Em certas circunstâncias, Beatriz B. não conseguia evitar esses trejeitos, eu sabia disso já naquela época. Era algo mais forte do que ela. E sem dúvida contribuíam para que suas opiniões fossem, se não aceitas, pelo menos ouvidas sem contestação imediata. Beatriz B. sabia usar isso com muita segurança e comodidade, o que para mim sempre foi tarefa impossível. Dentro desse contexto todo é que digo que suas opiniões foram sempre muito respeitadas, em particular a partir do momento em que, depois do episódio com o dono da loja de carros, Beatriz B. abriu um *Instituto de Pesquisas Artísticas* que ela surpreendentemente (para mim, em todo caso, e isto não por duvidar de sua capacidade empresarial mas por saber do caráter de todo supérfluo que a arte tem neste *país grotesco*) conseguiu transformar em atividade rentável, misto de espaço de arte, como se costuma dizer agora, e de *stand* de promoção e vendas. Pelo menos por algum tempo. Enquanto esteve à frente desse *Instituto de Pesquisas Artísticas*, Beatriz B. apareceu com freqüência nas colunas sociais e embora raramente tenha assinado algo mais longo que uma ou duas páginas, suas opiniões curtas eram transcritas pelos colunistas sociais como se fossem *observações profundas*. Nessas transcrições, colhidas em noites de *vernissages*, lançamentos de livros e carros estrangeiros ou jantares a que compareciam ministros da cultura, empresários conhecidos e engenheiros alegadamente poetas, mas nunca políticos sem expressão, Beatriz B. cuidou para que fossem inseridas suas opiniões sobre Niemeyer, claramente endereçadas a mim, senão contra mim. Sua opinião preferida sobre Niemeyer era que nenhuma obra do gênero no mundo poderia ser tão *totalitária* quanto a dele e que era *um perfeito absurdo*, considerada essa obra, a defesa que Niemeyer fazia de certas *idéias políticas* — a menos que, como Beatriz

B. costumava insistir, aquelas idéias políticas e a obra de Niemeyer fossem uma única e mesma coisa a cujo sentido preciso o próprio Niemeyer não tinha acesso e que era, em todo caso, o exato oposto do que ele dizia ou pensava ser. Provavelmente essa opinião Beatriz B. ouviu de mim mesmo em algum momento do passado, um passado anterior a muitas das experiências que partilhamos, anterior à viagem ao Egito, por exemplo. A diferença é que quando Beatriz B. passou a defender essa opinião eu não mais estava tão seguro de sua pertinência, o que incluo entre os motivos do constante adiamento do início, não digo da conclusão, mas do simples início de meu livro. Um motivo simples e evidente por si só: se não estou certo do bom fundamento de uma opinião como essa defendida por Beatriz B., e que eu um dia talvez igualmente defendi, não tenho condição alguma de escrever sequer a primeira palavra da primeira página de meu livro sobre Niemeyer. Este tipo de consideração, como talvez seja previsível, jamais impediu Beatriz B. de fazer seus *comentários peremptórios* sobre esse ou outros temas. E é isso que atrai as pessoas: *comentários peremptórios*. Um dia fui capaz de proferi-los. Não mais. Eles me atraem, a mim também, e acho ótimo que alguém seja capaz de proferi-los. E, por outro lado, não é impossível que Beatriz B. estivesse com a razão *o tempo todo*. Enquanto não puder ter certeza sobre este ponto, suspeito que não avançarei um milímetro em meu próprio trabalho, se for adequado chamar *isso* de trabalho.

Quanto mais o nome de Beatriz B. me vem à memória, nome que mesmo hoje me soa falso, inteiramente falso em todas suas letras — e mais me acorre à memória seu nome do que sua imagem, *suas imagens* —, mais esse nome se esfuma em minha imaginação. A realidade do nome de Beatriz B. não resiste a duas sessões seguidas de recuperação, pela minha memória, dos fatos que dizem respeito a *essa mulher*. Terrível, a memória. A memória não raro me assusta e me esmaga, e essa sensação de esmagamento seria ainda maior se eu não estivesse agora visceralmente convencido de que a *realidade é atemporal*. E porque a realidade é atemporal, felizmente não existe uma *música da memória*, o que me livra de guardar de modo compulsivo na lembrança o encadeamento de fatos passados, assim como acabo guardando músicas inteiras que abomino, por exemplo músicas publicitárias que me grudam na mente por se sustentarem na temporalidade. A música é uma arte do tempo, reconheceu Valéry em seus cadernos soberbos (soberbos porque Valéry sabia que seus cadernos entrariam para a história, ou pretendia que entrassem para a história, quer dizer, para a memória) porque, escreveu ele, a condição para se chegar a **r** é passar por **p** e **q**. Este é um dos pontos, *um dos poucos pontos* que me aproximam de Niemeyer porque também em muitas de suas obras, as mais recentes em todo caso para se chegar a **r** não é preciso passar por **p** e **q**. Talvez em nenhuma delas, é algo que terei de voltar a verificar. Pode ser que exista, seguramente existirá, uma *ligação* entre **r** e **q** nas obras de Niemeyer mas, se houver, não será uma ligação como a da música, não será necessário passar por **p**. Beatriz B., na fase de suas *opiniões peremptórias*, insistiu muito sobre esse aspecto da obra de Niemeyer para desmerecê-la, com o que eu não podia concordar inteiramente. Para mim, tratava-se quase exatamente do contrário: a impossibilidade de encontrar uma música em Niemeyer (implicando a possibilidade de encontrar em Niemeyer *uma outra música*, uma música inesperada) era um fato que me levava não apenas a repensar, para o lado positivo, minha opinião senão sobre ele, em todo caso sobre suas obras, como me confirmava a decisão de dedicar-lhe um livro. Uma decisão difícil de tomar.

Durante muito tempo, pareceu-me penosa e profundamente equivocada a idéia de escrever um livro *sobre uma pessoa*. Para colocar este ponto com todas as palavras, era uma idéia que me causava *verdadeiro horror*, que provocava no interior de meu corpo, não apenas de minha mente mas no próprio corpo, um mal-estar angustiante. Um mal-estar *alucinante*. Dedicar parte da própria vida ao ato de escrever sobre a vida de outra pessoa! Nunca pude entender o que leva alguém a sujeitar-se a perder uma parte da própria vida para escrever sobre a vida de outra pessoa. Mesmo agora, não é algo que consigo aceitar inteiramente, embora já tendo estado a ponto (várias vezes) de iniciar esse livro sobre Niemeyer. Escrever sobre a vida de outra pessoa era uma escolha que, para mim, estava carregada de uma auto-anulação a rigor incompatível com o instinto de preservação humana ou, mesmo, de dignidade humana — apesar de saber que há nessa operação um *truque* que consiste em usar a vida da pessoa sobre a qual se escreve como uma escada para fazer emergir a própria vida do limbo, se o livro resultar aceitável. Amigos que conheciam minha opinião sobre escrever um livro a respeito de outra pessoa me afirmavam que eu não apenas exagerava e menosprezava os que haviam optado por essa *escolha literária*, como no fundo não entendia o *processo cultural* que exigiria, para desenvolver-se, esse tipo de atividade. Nunca me convenceram. Não consigo entender nem explicar por que, mesmo pensando assim, eu tenha chegado a examinar a hipótese de escrever um livro sobre outra pessoa, e sobre Niemeyer entre todas elas! Esta impossibilidade de compreender as motivações plenas de minha decisão representam por certo um papel na dificuldade (não sei se esta é a palavra correta) que senti e sinto para iniciar o livro. Minha opinião naquele instante, como agora, era que há uma *arrogância* imensa num projeto como esse, uma *pretensão desproposital*, a pretensão de conhecer a pessoa sobre a qual se escreve melhor do que ela mesma jamais poderia ter compreendido a si própria. Essa arrogância, vizinha limítrofe da *intolerância*, era para mim o suficiente para cortar pela raiz qualquer idéia nesse sentido. Não podia, e não posso ainda, ver-me numa situação como essa. Obviamente, a julgar pela quantidade de prateleiras nas livrarias e bibliotecas lotadas com esse tipo de literatura, as pessoas não pensam assim, nem as pessoas que escrevem livros desse tipo nem as pessoas que lêem livros dessa natureza. Mais que tudo, repelia-me o rótulo de *especialista* que passam a ter os que escrevem um livro sobre alguma outra pessoa. Fulano é *especialista* em beltrano. Espanta-me que não percebam o absurdo por trás de uma afirmação como essa. E assustava-me, como me assusta, que pudessem chamar a mim também de especialista, no caso *especialista em Niemeyer*, se um dia esse livro meu ficasse pronto e fosse publicado. Eu teria de rir, se me chamassem de especialista em Niemeyer! E não entenderiam as razões de meu riso. Mais certamente, pretenderiam não entender essas razões, mesmo tendo seus motivos, ou acreditando ter seus motivos, para *não* me considerar um especialista em Niemeyer embora dizendo o contrário da boca para fora. Esse *meio*, o das pessoas que julgam se outros são ou não especialistas em outras pessoas, tem reações e comportamentos bizarros e mais provavelmente não me recusaria o rótulo de especialista em Niemeyer, que nunca ambicionei ou ambicionarei, ao mesmo tempo em que tampouco concordaria em atribuir-me esse título. Mais provavelmente, diriam que minha especialização em Niemeyer seria *maior* ou *menor* que a de fulano ou sicrano, o que é uma idéia, para mim, ainda mais risível! É fácil entender, então, porque nunca me interessei por manter qualquer tipo de ligação mais estreita com esse meio.

Para ser inteiramente sincero, nunca me interessou muito *manter uma ligação* com qualquer grupo ou entidade. Ou pessoa, como insistia em dizer Beatriz B. a meu respeito, em particular nos períodos de suas *opiniões peremptórias*. Para Beatriz B., por uma razão que não identifiquei por não ter convivido com ela tempo suficiente, essa idéia de ligação, de *alguma ligação*, de *ter alguma ligação com alguma coisa*, era vital. Sendo dessa opinião, Beatriz B. não poderia deixar de ter todo tipo de dificuldade para entender meu comportamento, completamente avesso à idéia de ligação. Toda e qualquer ligação, inclusive uma ligação com meu eventual objeto literário: Niemeyer. *Você quer livrar-se totalmente de toda idéia de ligação*, ela me repetia freqüentemente a partir do momento em que decidiu formar opinião própria sobre tudo e sobre sua vida pessoal. Com essa observação, Beatriz B. queria referir-se de modo particular a meu modo de encarar o que ela chamava *nossa ligação* e que eu sempre corrigia para *ligação entre mim e ela*, o que é bem diferente. Contrariamente a outras coisas que Beatriz B. me disse sobre mim, dessa minha tendência eu tinha consciência antes de conhecê-la, embora a designasse por outro nome: *responsabilidade*. Beatriz B. estaria coberta de razão se me tivesse dito, naquela época, que eu *queria me livrar totalmente de toda idéia de responsabilidade*, e acima de tudo de toda responsabilidade para com ela.

Na verdade, Beatriz B. usava indistintamente as palavras *ligação* e *relação* para designar a situação que de algum modo nos envolvia. Ela costumava falar, por exemplo, em nossa *relação sexual*. Também sobre este ponto tínhamos opiniões divergentes. A relação sexual entre mim e Beatriz B. começou numa época em que a idéia de escrever sobre Niemeyer já se instalara em minha mente, época em que Beatriz B. era muito jovem. Eu mesmo era também bastante jovem. Um pouco mais velho que ela, talvez muito mais velho que ela pelo menos de um ponto de vista não cronológico. Ela, em todo caso era bem jovem. Naquele momento é bastante provável (é quase certo) que eu não queria me livrar de minha relação com ela. Isto porque, naquele momento, eu não devia *sentir* nenhuma responsabilidade para com ela, apesar de sua idade. *Nossa relação sexual*, expressão que abomino, foi intensa. Cada um de nós, no entanto, deve ter retirado dessa intensidade um sabor distinto, se cabe a palavra. É uma suposição. Nada sei sobre o significado de *nossa* relação sexual para Beatriz B., mesmo tendo sido uma das partes dessa relação, é óbvio. Às vezes Beatriz B. me acusava de exercer uma *ascendência sexual* sobre ela, expressão cujo sentido exato ela nunca determinou. Outras vezes, queixava-se de minha *indiferença sexual*, mais uma expressão preferida por Beatriz B. Outras vezes ainda, Beatriz B. mostrava-se quase *agradecida* por minhas atenções sexuais para com ela. E em mais outras vezes, eu não podia senão admitir que a relação sexual entre nós a deixava claramente insatisfeita, embora nada pudesse fazer a respeito. De certo modo (e nunca saberei o peso deste *modo* no desenrolar do processo todo), creio que a causa principal, a *causa última* do rompimento entre nós (não posso, obviamente, dizer *nosso* rompimento) foi minha impossibilidade de atender a suas expectativas sexuais num instante preciso da vida em comum que levamos por algum tempo. Beatriz B. preferiu usar naqueles dias a palavra *insensibilidade* ali onde eu emprego *impossibilidade*. Não havia nada que eu pudesse fazer naquele momento particular e Beatriz B. não percebeu este *fato concreto*, que se deu num cenário preciso. Beatriz B. esperava por mim do outro lado da *Cortina de Ferro*, como então se usava dizer. Beatriz B. estava há meses em Budapest, envolvida em alguma atividade que muito depois teria algo a ver, embora indireta e, mesmo, remotamente, com seu futuro *Instituto de Pesquisas Artísticas*. Há meses não nos víamos. Viajei para encontrá-la, uma viagem tormentosa, e até certo ponto atormentada, uma viagem de dezenas de horas, com paradas em países intermediários, trocas de avião, fronteiras noturnas, metralhadoras em compartimentos de trem apontadas para o peito enquanto policiais boçais faziam perguntas sobre passaportes cujos textos e carimbos não podiam entender e que me olhavam ameaçadores porque eu caíra na besteira de dizer que preferira não ter o visto impresso em meu passaporte para não me causar *problemas políticos* posteriores. Quando cheguei a Budapest, ainda naquela época conhecida como a *Paris da Europa Central* embora há tempos não o fosse mais, eu estava literalmente fora de foco. Se eu sabia *onde* estava, com certeza não sabia exatamente *se* estava ali onde estava *no momento* em que me sentia ali, o que pode parecer estranho sem deixar de ser verdadeiro. Em outras palavras, eu tinha perdido pelo menos um dia em algum lugar! Beatriz B. me esperava há 24 horas no aeroporto: eu avisara que chegaria num determinado dia e chegara 24 horas depois *acreditando* chegar no dia anunciado. Beatriz B., sem dúvida, não me esperou 24 horas no aeroporto, nunca foi uma pessoa que se submeteria a uma situação dessas. O fato é que quando desembarquei *um dia depois* ela se sentia frustrada, enraivecida e aliviada, como disse, numa mistura de sensações que dificilmente permite a alguém avaliar com clareza a condição em que se encontra a pessoa que assim descreve seu estado de espírito. De meu lado, eu estava cansado, desnorteado com a informação estranha de que chegara um dia depois do previsto e irritado com a cobrança dela sobre a falta de aviso, que eu jamais poderia ter dado uma vez que acreditava chegar no dia certo. Quando entramos em seu apartamento na parte velha da cidade, Buda, o que era por um lado charmoso como localização mas inconveniente do ponto de vista das instalações carcomidas pelo tempo e pela falta de manutenção, Beatriz B. quis levar-me para a cama. Quis *manter relações sexuais* comigo, como às vezes

Beatriz B. dizia entre irônica e ressentida. Melhor: como ela costumava dizer sempre que, por alguma razão, estava ressentida comigo. Naquele momento preciso eu não conseguia pensar em muita coisa que gostaria de fazer ou poderia fazer mas certamente, como também é hábito dizer, ir para a cama com Beatriz B. ou qualquer outra mulher não figurava entre elas. Eu não tinha consciência deste fato naquele instante, e Beatriz B. de seu lado jamais deve ter pensado nisso ou aceitado pensar nisso, mas eu estava sob os efeitos da *diferença de fusos horários* que, vindo de onde eu vinha, praticamente *do outro lado do mundo*, era considerável. Eu não queria fazer coisa alguma, Beatriz B. queria ir para a cama comigo. Recordo que eu também havia desejado, e muito, ir para a cama com ela mas isso *antes* de minha chegada. Beatriz B. tomou minha *imprevista impossibilidade* por insensibilidade ou, pior, indiferença e rejeição. Como talvez fosse possível prever, o que Beatriz B. conseguiu foi provocar em mim, nesse momento, uma real e mais intensa embora *ocasional rejeição*, o que obscuramente me levou, a partir desse instante e enquanto estive com ela naquela cidade dupla, a fugir de toda relação com Beatriz B. mesmo não sabendo por que eu agia assim. Durante os poucos dias que passei com Beatriz B. naquela cidade que ainda era, em certa parte, a *Paris da Europa Central*, eu me sentia sufocar. Literalmente. Nunca saberei se essa sensação deveu-se a meu conhecimento de que o nome alemão para Buda era Ofen, que, como acidentalmente acabei descobrindo, significa exatamente *forno, estufa*. Era inverno, e inverno forte naquele ano, e no entanto eu me sentia sufocar em Buda. Encurtei drasticamente minha estada naquela cidade dupla — e dupla não apenas porque o Danúbio a divide em duas, ligando uma à outra, e tampouco só porque eram de fato duas cidades, Buda e Pest, mas também porque seus habitantes tinham a alma dividida em duas, uma vinculada a um *modo oriental de viver* e outra voltada para o chamado *modo ocidental de viver*, e tinham novamente a alma dividida sob dois outros aspectos, por estar uma parte dessa alma de algum modo *ligada* ao imaginário comunista, mesmo que não o quisessem, e outra parte ligada ao que se chamava de *mundo ocidental*, como era fácil e penoso constatar — e Beatriz B. não pôde passar por cima deste incidente trivial, trivial do início ao fim. Nem eu, aparentemente. Uma relação pressupõe uma aproximação entre entes distintos mas com algo em comum. O fato é que tive a sensação, naquele instante, que jamais tivera com Beatriz B. nada em comum além da própria relação, fenômeno com certeza insustentável. Convenci-me, com isso, do acerto de minha tendência constante de não aceitar facilmente relações e ligações enquanto Beatriz B., de seu lado, confirmou sua opinião, posteriormente transformada em *opinião peremptória*, de que eu procurava a todo momento evitar todo e qualquer tipo de ligação com todo e qualquer tipo de pessoa e coisa. O rompimento entre nós aconteceu, historicamente, nesse preciso momento e não num outro momento e por outras causas aparentes. Aquilo que nos unira, uma ligação sexual, nos separava, o que não deixava de ter sua lógica. Como em vários outros instantes, Beatriz B. estava certa em seu raciocínio a respeito de nós ambos e, ao mesmo tempo, amplamente equivocada.

*Você quer se livrar completamente de toda idéia de ligação*, Beatriz B. me repetiria constantemente naqueles momentos críticos do relacionamento entre nós. Você tem razão, no fundo você tem razão, eu respondia, mas não pelas razões que você supõe. Eu não creio que existam ligações, existem apenas *concomitâncias*, eu respondia.

Paralelismos. Creio. Não tenho certeza se *ligação* era uma palavra que eu mesmo trouxe para o domínio das conversas com Beatriz B., das *discussões* com Beatriz B., ou se foi ela quem introduziu essa noção entre nós, talvez quase por acaso e quem sabe sem refletir muito no que dizia, ou não se importando muito com o que dizia. Mesmo que tenha sido Beatriz B. a trazer essa palavra para o campo da troca de idéias a respeito do relacionamento entre nós, fui eu que a transformei em elemento de sustentação de uma série de *coisas* que nos diziam respeito. Uma ligação, dizia Beatriz B. naqueles dias, é uma forma de *explicação*, e o que você recusa acima de tudo são as explicações, ela me dizia. Você não quer explicar por que decidiu ficar comigo, você não quer explicar por que se afasta de mim agora, ela me disse durante o episódio em Budapest, você quer se livrar de todo tipo de explicação. Em suma, você não quer *se explicar*, Beatriz B. dizia. Ela não entendia que o que eu considerava inútil era *buscar explicações*, o que não é exatamente a mesma coisa. Eu respondia que *não há explicações, existem apenas concomitâncias*. Quando eu dizia isso, Beatriz B. olhava para mim como se eu fizesse parte de um outro *universo de preocupações*, como se eu estivesse despencando naquele instante à sua frente vindo de uma outra dimensão, como se eu fosse uma *coisa impermeável* à apreensão humana, diante da qual não fosse possível manifestar qualquer outro sentimento que não estranheza. Não me agradava esse olhar de Beatriz B. sobre mim. Mas eu não desistia de minha bóia que era a idéia da concomitância, sem dúvida um conceito que fui eu a introduzir no campo de nossas conversas ou discussões.

    Não poderia desistir dessa bóia, tão forte era a presença do fenômeno da concomitância em minha vida. Houve, por exemplo, concomitância entre a vida em comum com Beatriz B., entre o *início* de minha vida em comum com Beatriz B., e a formação de meu desejo de escrever sobre Niemeyer. De igual modo, o que se estabeleceu entre meu *sentimento pela cidade* e o início de minhas dificuldades para iniciar o livro sobre Niemeyer não pode receber outro nome se não o de concomitância. O que passei a sentir por esta cidade, num momento bem posterior ao fim das explicações entre eu e Beatriz B., segundo o modo por ela usado para dizer as coisas, ou num momento posterior a nosso *rompimento*, no modo comum usado pela maioria das pessoas, foi a mais completa *aversão*. Eu simplesmente não conseguia mais olhar para os prédios e as casas e as ruas. Não podia mais suportar a visão da cidade, como não suporto neste instante. A feiúra agressiva da maioria das construções, a falta de caráter de praticamente todas elas, a degradação das que não se encaixavam nas categorias anteriores, não me permitiam, como não permitem, levantar os olhos do chão quando era obrigado a andar pela cidade, quando tenho de andar pela cidade. Eu preferia dirigir um carro pela cidade porque assim minha atenção tinha de voltar-se para o movimento dos outros carros e das pessoas, impedindo-me de olhar diretamente para a cidade tal como ela se mostrava em suas construções e em seu aspecto físico amplo. Dirigindo um carro, tudo desliza lateralmente pelo campo de visão assumindo a forma de um quase borrão que os olhos podem então suportar. Era assim que eu conseguia mover-me pela cidade sem entrar numa depressão acentuada que me fazia grudar os olhos no chão e curvar as costas como se fosse um velho, que era a imagem que eu fazia de mim mesmo e que me era de todo insuportável. Tão insuportável quanto era a *visão real* da cidade. Naqueles anos, como agora, sempre que possível eu saía às ruas apenas durante a noite, quando a escuridão ameniza as formas da cidade ou as elimina quase todas, deixando no ar apenas pontos luminosos relativamente inócuos ou, às vezes, até agradáveis. Minha relação com esta cidade não foi sempre assim, no entanto. Quando conheci Beatriz B. e durante os primeiros anos de nossa vida em comum, a cidade me agredia mas não a ponto de impedir-me de olhar para ela, não a ponto de provocar em mim uma *dor moral* confrangedora, dilacerante. E antes de conhecer Beatriz B., é bem possível *que eu amasse* esta cidade. Houve uma concomitância entre meu amor pela cidade e os primórdios de meu interesse por Niemeyer e, mais tarde, outra concomitância entre minha *aversão física profunda* por esta cidade e a dificuldade em começar um livro tão longamente planejado. Beatriz B. um dia me passou um xerox de uma declaração de Niemeyer com uma passagem por ela assinalada em vermelho na qual se lia que, para Niemeyer, o que resultava da atividade dos que tinham sua profissão era apenas um *reflexo da sociedade*. Beatriz B. me passou esse xerox com um sorriso irônico, lembro-me desse sorriso ainda agora mesmo sem poder, ainda agora, decidir-me sobre seu sentido. É provável que o sorriso de Beatriz B. quisesse apontar para a fragilidade da obra mesma de Niemeyer, como de todos seus colegas, o que seria compatível com o sentimento de Beatriz B. por Niemeyer. É provável que o sorriso quisesse indicar o caminho equivocado pelo qual eu entrava ao aceitar perder tempo escrevendo um livro sobre uma pessoa que não poderia deixar de estar sujeita à mesma lei geral que essa mesma pessoa enunciava para a totalidade dos que praticavam sua profissão. Isso era o que Beatriz B., repetidamente me afirmava, que a obra de Niemeyer só podia ser um *reflexo desta sociedade* e que se esta sociedade era o que era, e continua sendo, sua obra não poderia ser outra coisa maior do que esta sociedade, razão pela qual ela não entendia minha obsessão por essa personagem. Eu sentia que de algum modo Beatriz B. poderia ter razão porque era inevitável que entre a obra de Niemeyer e esta sociedade houvesse, no mínimo, uma concomitância.

Seja como for, Beatriz B. curiosamente procurava *explicações*, creio, enquanto eu curiosamente não procurava mais nada, nem concomitâncias, que eu apenas costumava registrar quando as encontrava. Durante algum tempo, entendi que também Niemeyer procurava explicações, o que era curiosamente um ponto de aproximação entre ele e Beatriz B., apesar de todas as reservas de Beatriz B. diante de Niemeyer e de sua obra. Em outros momentos, pareceu-me que se havia algo de que Niemeyer fugia era exatamente das explicações, acima de tudo das ligações. Tanto quanto eu, talvez. Nunca seria possível começar o livro sobre Niemeyer sem conseguir, não digo resolver esse dilema, mas pelo menos montar uma equação com essas incógnitas.


Apesar de Beatriz B. ter constantemente repetido sua observação a respeito de minha incapacidade de perceber ou aceitar o fato de estar a obra de Niemeyer sujeita à mesma *lei geral* da sociedade por ele criticada, e que portanto sua obra não escapava dessas condições críticas, foi ela mesma, Beatriz B., quem, de todos meus amigos e conhecidos, me criticou (e freqüentemente ironizou), durante muito tempo, por eu acreditar na existência de *leis gerais* relativas aos fatos da *existência humana*. Beatriz B. me censurou durante um bom tempo — antes de desistir por completo de me criticar ou de esperar que eu mudasse meu comportamento, e depois que passou a construir-se opiniões próprias inquebrantáveis —, por eu procurar sempre *fugir das explicações*, por eu não querer me explicar sobre meus assuntos e meus atos e, por outro lado, me criticou (e ironizou mesmo) por eu, dizia ela, ingenuamente acreditar na existência de leis gerais envolvendo os fatos da existência humana. Antes de ser essa uma contradição de Beatriz B., é possível (e isso reconheci ainda quando levávamos alguma vida em comum) que essa fosse uma contradição minha, a contradição entre minha recusa em explicar-me e minha insistência em procurar leis gerais pelo menos para alguns fenômenos e comportamentos. Isso deve ter sido difícil de suportar, para Beatriz B., em nossa vida comum. Beatriz B. sempre pareceu mais disposta a aceitar a idéia do *acaso* como governante dos comportamentos e dos fenômenos mentais ou *estados de espírito*, não me lembro agora qual era sua expressão preferida. Em outras palavras, Beatriz B. deve ter sempre acreditado, mesmo talvez sem nunca ter refletido demoradamente sobre isso, que os comportamentos e as idéias mudam sem aviso prévio e que isso provoca modificações gerais impossíveis de se prever nas relações entre as pessoas, enquanto eu, como os psicólogos (e, para meu profundo desapontamento, me surpreendi descobrindo esse traço comum entre eles e eu — digo *para meu profundo desapontamento* em particular depois que não mais pude entender *como* essa profissão conseguiu tanta ascendência entre os contemporâneos), achava plausível, desejável, a existência de leis gerais que permitissem alguma previsibilidade nos relacionamentos entre as pessoas, portanto alguma *estabilidade* nesse campo. Admito que a idéia de estabilidade (e seu correlato, *a busca* da estabilidade) sempre foi fundamental para mim, o que deve ter representado algum papel na minha fixação em Niemeyer. A instabilidade sempre foi angustiante para mim e, parece, aceitável para Beatriz B., que pode nunca ter *procurado intencionalmente* o acaso, o que seria um relativo paradoxo, mas o aceitava. Foi com Beatriz B. que aprendi sobre a instabilidade e a mutabilidade das idéias e dos comportamentos, embora até o momento em que esse aprendizado se concretizou (pois houve um momento preciso em que isso se deu) eu nunca houvesse explicitamente acreditado em coisa diferente. O fato é que quando Beatriz B. me revelou que tinha *ido com outro homem* eu infantilmente lhe perguntei por que não me avisara *antes*, como ela em algum momento inicial de nossa vida em comum me havia dito que faria e como eu, quem sabe, também lhe havia dito que faria se acontecesse comigo. Perguntei-lhe, *naquele momento preciso*, por que não me disse *antes de ir com outro homem* que *iria com outro homem*. E ela me respondeu, *naquele momento preciso*, que *as pessoas mudam repentinamente de idéia* e que aquilo que pensavam até um certo instante, de repente não pensam mais, ponto. Sem explicações. Em sã consciência, devo admitir que eu mesmo nunca poderia ou deveria ter tido opinião diferente dessa que ela me *expôs naquele momento preciso* mas o fato é que quando ela me disse isso naquela noite, naquele momento específico, senti um golpe tremendo, um golpe tão poderoso quanto a revelação mesma que ela me havia feito minutos antes, a revelação de que havia *ido com outro homem*. Inúmeras vezes, depois, refleti sobre qual havia sido o golpe mais fundo recebido naquele momento preciso, se a revelação sobre a *ida* dela com outro homem ou se a revelação sobre a instabilidade das decisões e dos estados de espírito das pessoas — em outras palavras, a revelação sobre o papel do acaso nas idéias, crenças, decisões e comportamentos. *Deve haver uma lei*, diziam (como dizem) os psicólogos que eu lia naquela época em que Beatriz B. e eu tínhamos um relacionamento mais próximo. *Naquele momento preciso*, me surpreendi aterrado diante da impossibilidade de fazer previsões ou conseguir explicações nesse campo das relações humanas. Beatriz B., inversamente, lidou sempre *de modo natural* com uma questão como essa. De fato, ela sempre lidou com todas as questões desse tipo de um modo muito melhor do que eu, um modo mais solto e flexível, mais apropriado, como ela mesma disse inúmeras vezes, à *condição* do ser humano, a respeito da qual, ela também me dizia, minha ignorância era imbatível. Beatriz B. sempre se surpreendeu, segundo ela, com meu desconhecimento das condições e das exigências do corpo humano e, a partir de um momento preciso, com minha ignorância profunda da *condição em geral do ser humano*, expressão com a qual ela pretendia significar minha ignorância quanto aos *sentimentos* das pessoas ou, em outras palavras, minha ignorância sobre a *alma humana*, embora dificilmente Beatriz B. usasse essa expressão. Muito tempo depois, *retrospectivamente* (mesmo sabendo que essa palavra, *retrospectivamente*, não tem e não pode ter nenhum sentido lógico e filosófico, quer dizer, nenhum sentido influente sobre a vida empírica: é mera construção fantasiosa da mente, com implicações claramente negativas para o equilíbrio emocional), entendi, pelo menos em parte, o desconforto de Beatriz B. diante de Niemeyer e sua oposição a meu projeto de escrever sobre ele, uma vez que Niemeyer sempre se guiou por determinadas leis, como a expressa na declaração, registrada por alguns de seus biógrafos e por eles atribuída a momentos diferentes da vida de Niemeyer, segundo a qual Niemeyer sempre mostrou e continua mostrando uma profunda satisfação por manter inalteradas suas opiniões políticas *sem hesitação e sem receio, feliz de estar em paz com minha consciência e de não trair aqueles que me confiaram sua estima*, como ele declarou. As coisas relativas aos elos entre sua atividade profissional e sua atividade política parecem surgir, para Niemeyer, sempre com muita clareza à superfície dos fenômenos observáveis, o que significa a existência de uma crença de Niemeyer em algum tipo de lei nesse campo, como eu mesmo acreditava antes de conhecer Beatriz B. A dificuldade de harmonizar essa crença de Niemeyer com a *experimentação* que fiz de certos aspectos dos *estados de espírito* das pessoas deve ter assumido um papel preponderante em minha dificuldade de começar a escrever sobre ele. Talvez eu devesse dizer: na decisão que começou a tomar corpo em mim de *não* escrever sobre ele — o que é desesperante.

É muito difícil, praticamente impossível, determinar tanto o momento em que se toma a decisão de fazer alguma coisa, como escrever um livro, quanto o momento em que já se tomou a decisão de não mais fazer essa mesma coisa, ainda que essa nova decisão não esteja ainda claramente formada. É ainda praticamente impossível, terceira alternativa, determinar o momento da *reafirmação* de uma decisão que tenha sido sob algum ângulo posta em dúvida depois de inicialmente tomada. Eu não saberia dizer quais foram e quando ocorreram esses momentos em relação ao meu projeto de escrever um livro sobre Niemeyer, posso apenas fazer conjecturas. Por exemplo, persistindo em meus planos de refazer em parte os passos de Niemeyer e, assim, ir aos lugares onde ele havia posto em prática suas idéias, fiz uma viagem ao Havre, pouco antes do rompimento com Beatriz B., para conhecer uma obra de Niemeyer da qual até aquele momento eu não tivera quase nenhuma informação. Essa viagem pode ter assinalado o momento em que, sem saber, comecei a decidir-me por não mais escrever sobre ele ou, inversamente, o momento em que comecei a reforçar minha decisão inicial de escrever sobre ele *de qualquer modo*, o que mudaria minha interpretação sobre esta minha atual *dificuldade de começar a escrever* sobre ele se eu soubesse que essa decisão tomada no Havre já começara a configurar-se dentro de mim. O que motivou esta nova decisão foi um fato bem específico, que identifico com nitidez: a sensação, que percebi em mim pela primeira vez, de que Niemeyer pudesse ter na verdade uma *inerradicável aversão* por aquela cidade. Para o Havre, Niemeyer propôs uma obra que, além de ficar abaixo do nível do chão, embora suficientemente visível, não tinha quase nenhuma abertura para a cidade ao redor: um pote branco de iogurte virado, como me disseram na cidade cuja feiúra *aparentemente incancelável* é impressionante. A reconstrução da cidade após a guerra foi feita a partir do que de mais imediato, simples e barato pudesse existir, o que levou toda uma imensa área a ficar livre dos destroços da guerra, é verdade, mas entregue a uma versão pouco amenizada de um pesadelo urbano feito de caixotes de alvenaria. Foi no meio dessa *indelével feiúra*, impossível de ser alterada por qualquer intervenção superveniente, que Niemeyer teve de trabalhar. E a única solução por ele encontrada, que sem dúvida se impôs a ele, foi fechar os olhos à cidade, voltar-lhe as costas e criar um paraíso provisório interior que dispensasse todo intercâmbio visual com o que estava ao redor. Minha primeira chegada ao Havre foi num dia severamente frio e cinzento, e enquanto esperava que alguém voltasse do almoço para me receber e falar sobre Niemeyer, enfrentei minutos extremamente desagradáveis buscando sob uma chuva fina um lugar para me abrigar ao longo de uma praça árida por onde não caminhava ninguém além de mim e que dava a impressão de deserta e abandonada há anos, numa imagem de desolação arrasadora. Acabei encontrando um pequeno restaurante comercial onde algumas pessoas comiam em silêncio e onde almocei um prato escolhido por engano e que não me atrevi a devolver. Enquanto esperava pelo prato e, depois, enquanto comia o prato equivocado, eu observava, através da vidraça do restaurante, a praça absolutamente vazia e pensava em minha descoberta desse traço de Niemeyer, a *recusa da cidade*, que me surpreendia negativamente por um lado, como numa inesperada decepção, e que por outro estabelecia entre mim e ele um elo no qual não havia pensado até ali. Não me pareceu importante, naquele momento, saber que a cidade que eu recusava era uma e que a cidade recusada por Niemeyer era outra, nem que eu não recusava outras cidades assim como ele também não recusaria outras cidades. Identificar esse provável traço de Niemeyer foi o suficiente para me fazer esquecer o *ambiente frio e impessoal* do restaurante cercado pela paisagem deserta e gelada da praça vazia e toda ela recoberta por algum tipo de laje ou material equivalente não menos frio. De minha parte, já naquela época, quando estava em minha cidade, ou melhor: não na *minha* cidade mas na cidade que habitava naquele momento e que ainda habito, eu procurava não reparar nas casas ao longo das ruas, nas próprias ruas, nos carros e ônibus nas ruas e nas pessoas andando pelas calçadas para não me sentir ferido pela *inerradicável feiúra* que me agredia de um modo que, há vinte ou trinta anos, eu teria imaginado impossível, simplesmente impossível. Não recorro a nenhuma metáfora, a nenhuma figura de linguagem quando digo que a visão da cidade onde normalmente habito, neste país grotesco abarrotado de criminalóides, *me feria* naquele momento (como me fere ainda hoje) profundamente, provocando-me uma sensação dolorosa no peito que me obrigava a fechar momentaneamente os olhos, mesmo quando dirigia um carro, para me recuperar. As cores desmoralizantes (só posso chamá-las assim, *cores desmoralizantes*), apostas a formas de construção que não haviam sido feitas para elas mas pediam outras cores, e as próprias formas, em si mesmas precárias, inviabilizavam, para mim, uma existência digna nesta cidade. Se as pessoas continuavam a habitar esta cidade era porque ou não tinham para onde ir, como provavelmente era meu caso naquele momento, ou porque assumiam os comportamentos agressivos pedidos por aquelas cores e formas e, por isso, conseguiam entrar em um equilíbrio perverso com aquele ambiente. Se um estímulo doloroso não pode ser evitado, suponho, resta combatê-lo ou *fugir*. Se esse combate e essa fuga forem impossíveis, resta a *agressividade passiva* que eu via impregnar inconscientemente a maior parte das pessoas nas ruas. Se essa *agressividade passiva* for eficaz, imagino que possa permitir um equilíbrio urbano capaz de permitir a sobrevivência a quem a exerce, embora às custas do arrasamento de quem a sofre. Se essa agressividade passiva for ineficaz, o que sem dúvida acontecia comigo porque eu me recusava a exercê-la, desenvolve-se um processo de *inibição motora* que explica por que eu evitava, mais e mais, sair a pé pela cidade e que eventualmente poderá explicar minha dificuldade em praticar outros atos como o de começar enfim a escrever o projetado livro sobre Niemeyer. Eu podia, naquela época, andar por *outras cidades*, de outros países, primeiro porque escolhia cidades não atingidas pelo processo de embrutecimento e entorpecimento ao qual minha cidade já fora submetida ou, segundo, porque a eventual feiúra da cidade onde eu estava em caráter provisório não me atingia *profundamente* porque aquela não era afinal minha cidade e eu sentia o volume de meu passaporte no bolso me dando a segurança de que poderia sair dali quando quisesse. Cada vez menos, porém, podia andar pelas ruas de minha cidade, que provocavam em mim o surgimento de uma única idéia, uma idéia fixa: *a fuga*. Em algum momento do passado anterior àquela viagem ao Havre, devo ter pensando (ingenuamente, também neste caso) que uma pessoa com a profissão de Niemeyer estaria livre dessa obsessão com *a fuga*. Descobrir que também ele fugia deve ter sido ao mesmo tempo um alívio e uma decepção. Claro, do mesmo modo devo ter pensado anteriormente, como penso agora, que responsáveis por essa feiúra agressiva provocadora de outras agressividades e desejos avassaladores de fuga eram também pessoas da mesma profissão de Niemeyer. De toda forma, prevaleceu no instante daquela descoberta a noção de *que também Niemeyer fugia*, e de imediato me perguntei se ele não fugira também de outras cidades, o que poderia tê-lo levado a fazer os projetos que fez, inclusive seu maior *projeto de todos*, um projeto que disse respeito a uma cidade inteira. Não tenho mais como recordar-me do significado preciso de que se revestiu o momento dessa descoberta em relação à confirmação de meu projeto inicial de escrever sobre Niemeyer ou, inversamente, de descartar esse mesmo desejo. Recordo-me, em todo caso, de que essa viagem foi marcada pelo aparecimento de duas noções que me diziam respeito. De um lado, foi a partir dessa viagem que Beatriz B. começou a insistir no fato de que meu comportamento, com essa minha preferência por recorrer os mesmos lugares percorridos por Niemeyer e outros lugares assinalados por outras personalidades, em particular escritores, configurava um caráter ou, pelo menos, um comportamento tipicamente *mitológico*, movido por recorrências a que eu simplesmente não podia resistir. Beatriz B. deliciou-se por algum tempo com o que julgou ser uma descoberta particularmente sua: a natureza mitológica de meu comportamento, determinada pela obsessão que, segundo ela, eu demonstrava com a *prática de recorrências*, como ela dizia. Pelo menos até certo ponto, suponho que ela tivesse razão, ou pudesse ter. Várias vezes insisti com ela para que definisse melhor o que entendia por meu *comportamento mitológico*, expressão por ela logo trocada por outra, *personalidade mitológica*. Ela respondia que os motivos eram evidentes e não ia além da alegação de que em todo caso eu era pelo menos uma personalidade cujo *funcionamento*, ela usava esta palavra com freqüência em relação a pessoas (para meu relativo estranhamento), era passível de explicação pelo recurso a movimentos cíclicos que podiam ser tanto movimentos ora num sentido e ora em outro como movimentos num mesmo sentido que acabam por se refazer e sobrepor indefinidamente. Foi assim que ela passou a preferir qualificar-me, em particular quando penetrou em sua fase das opiniões peremptórias, e era assim que ela costumava me *reapresentar* a nossos amigos. *Vou reapresentá-lo*, ela dizia, porque seus amigos o conhecem até agora sob uma outra luz que você sempre alegou irradiar, ou cuja irradiação o sustentou até agora, uma luz exatamente oposta à da mitologia. Não sabem que você é na verdade uma personalidade mitológica e é isso que devo pôr em destaque, dizia Beatriz B. E foi assim que Beatriz B. passou a apresentar-me, entre divertida e irônica: uma personalidade mitológica. Não nego que, pelo pouco que ela me disse sobre o que constituía uma personalidade mitológica, eu pudesse ser uma. Não creio, também, que essa descoberta ou invenção de Beatriz B. tenha contribuído para arruinar nossas relações mais do que já estavam arruinadas. Lembro-me que cheguei a argumentar com Beatriz B. que talvez ela estivesse confundindo um traço que, no fundo, bem poderia ser de Niemeyer, com algum traço meu, eu que apenas tinha pensado um dia, e talvez ainda pensasse, em escrever um livro *sobre* Niemeyer e não *refazer a vida de Niemeyer* ou considerar-me, eu mesmo, um segundo Niemeyer. Ela descartou esta possibilidade, como eu podia prever com facilidade, dizendo que *retrospectivamente* (ela nunca pareceu sentir qualquer pudor ou incômodo no uso desta palavra e no exercício dessa prática de uma análise que se volta para trás para interpretar *o que passou antes* com olhos *de hoje*, o que é simplesmente uma loucura), era assim que eu sempre havia sido e que eu mesmo devia usar esse quadro para entender *por quê*, afinal, eu queria tanto escrever *sobre* Niemeyer. Sem ter até ali conseguido, Beatriz B. costumava acrescentar.

 A outra noção a meu respeito que surgiu naquela viagem, e por essa eu mesmo sou responsável, foi a noção de *fuga*, a noção de que a fuga havia representado um papel destacado em minha vida a partir de determinada altura, e que eu naquele momento já organizava solidamente minha vida pessoal e mesmo minha vida social, por assim dizer, e minha vida em comum com Beatriz B., segundo o esquema da fuga, ou um esquema de fuga. Com relação a este ponto, minha opinião e a de Beatriz B. sobre a questão de minha suposta personalidade mitológica assumiram sentidos fortemente opostos. Ela via este suposto traço mitológico de minha personalidade como algo pelo menos levemente negativo, não tanto quando analisado em si mesmo mas diante do que eu, segundo ela, alegadamente dissera ser até o momento daquela sua descoberta. De meu lado, minha tendência era ver esse traço mitológico como levemente positivo, para minha própria surpresa diante do que eu reconhecia ter pensado ser minha personalidade até aquele momento. Para Beatriz B., era em todo caso *gozado*, como ela preferia dizer, que eu tivesse um comportamento mitológico passível de ser explicado, segundo ela, por explicações mitológicas que tinham no fundo a mesma natureza das explicações psicanalíticas que, ela lembrava sempre, eu costumava renegar. Para mim, o caso não era tão grave porque me parecia que, se eu manifestava esse comportamento mitológico, era com um sentido totalmente diferente do que ele podia ter na teoria psicanalítica. Mas, se era assim que víamos essa questão, era de modo absolutamente invertido que encarávamos o que eu mesmo havia descoberto, isto é, que eu estava sob a ascendência dos esquemas de fuga, sobre os quais conversamos longamente quando, retornando do Havre, nos encontramos em New York onde Beatriz B. havia parado dizendo que não tinha nenhum motivo para enterrar-se numa província metida a civilizada como o Havre. Como discutimos esta questão nas ruas frias e intermináveis de New York, nos momentos em que o vento cortante não nos escorraçava das ruas em busca de um simulacro de refúgio em bares lotados, suponho que nosso desentendimento (cordial ainda, àquela altura) quanto ao sentido desse meu traço não podia ter sido evitado. O fato é que eu fiquei de certo modo chocado ao ser capaz, eu mesmo, de assim descrever meu comportamento enquanto Beatriz B., pelo contrário, considerou que esse havia sido o sinal mais estimulante, que ela jamais vira em mim, de que eu estava finalmente mudando, e mudando para melhor. Beatriz B., nome cuja ressonância ôca, falsa mesmo, torna-se cada vez mais insuportável para mim, me disse naquela ocasião que eu estava finalmente reconhecendo ser o mundo muito maior do que eu, que eu estava finalmente reconhecendo que não podia enfrentar o mundo e que isso era o sinal mais saudável de que eu poderia vir a ser um dia um companheiro, como ela disse, mais interessante e agradável para *uma outra mulher*, já que Beatriz B. descartava a hipótese de que eu pudesse ou quisesse ser, para ela, um companheiro, palavra que sempre detestei e que ela no entanto sempre usava. Já que ela mesma provavelmente descartava a idéia de que queria continuar a ter-me como companheiro. Eu devia ter finalmente aprendido, ela me disse, que, em um mar sob tempestade no qual a navegação segundo uma trajetória prévia é impossível, o melhor a fazer é deixar-se *à deriva*, e que essa *deriva* não é em si nada de ruim porque, apesar de inevitavelmente (pelo menos num primeiro momento) afastar o barco da costa pretendida, ela abre novos horizontes, como disse Beatriz B., que nunca haviam sido sequer imaginados e que podem constituir-se no porto pretendido. Beatriz B. não costumava usar imagens longas assim em suas conversas, mesmo na fase das opiniões firmes, e não foi sem interesse, curiosidade e um pouco de distanciamento crítico que a ouvi naquela tarde em New York. Na verdade, eu me sentia longe de aceitar pôr-me à *deriva*, e mesmo admitindo (pela primeira vez) que essa poderia ser uma idéia atraente, e quem sabe até mesmo querendo pô-la em prática, eu não tinha condições naquele momento de fazê-lo e nem considerava que essa fosse uma saída digna ou vantajosa, não sei qual a palavra certa, uma vez que implicaria o abandono de muitas coisas, de meu projeto de escrever sobre Niemeyer provavelmente e, no limite, o abandono de nossa vida em comum, eu e Beatriz B., o que era algo que eu sem dúvida já procurava naquele momento tanto quanto ela sem ter ainda demonstrado, tanto quanto ela, a coragem suficiente para dar o primeiro passo nessa direção.

    Você leva uma *vida excessivamente burguesa*, me disse Beatriz B. imediatamente antes de nosso rompimento, às vésperas desse evento que não sei exatamente como denominar e que à falta de outra palavra chamo *rompimento*, como todo mundo, embora identificando esse termo como de todo inadequado, pois faz supor que tenhamos tido, Beatriz B. e eu, em algum momento do passado, uma *relação* e que essa relação tenha sido *nossa*, coisa que, vista com meus olhos de hoje, me parece pouco provável. Como sempre me pareceu. Você leva uma *vida excessivamente burguesa*, disse Beatriz B. nesse dia quase perto do fim. Não me recordo o motivo imediato que, a seus olhos, levou Beatriz B. a dizer isso a meu respeito. É bem possível que não tenha existido nenhum motivo específico ou singular para ela dizer aquilo, nenhum fato ou acontecimento específico que estivéssemos vivendo naquele momento ou qualquer coisa que eu possa ter dito logo antes de ela fazer essa observação sobre mim, *mais essa* observação sobre mim. Beatriz B. tinha esse hábito, é verdade, de repentinamente *dizer coisas sem ligação direta com o que estava sendo discutido*, o que não significa que essas observações repentinas e aparentemente sem ligação com o assunto não fizessem sentido. Esse comportamento de Beatriz B. nunca me incomodou, pelo contrário era um indício de que Beatriz B. de algum modo se interessava por seu interlocutor, quer dizer, no caso, por mim, o que ela habitualmente não dava a impressão de fazer. Durante muito tempo tive mesmo a sensação de que Beatriz B. era uma pessoa completamente fechada sobre si mesma, interessada apenas em si mesma, uma pessoa que não chegava a manifestar desprezo pelo mundo porque esse mundo, os outros, pareciam simplesmente não existir para ela. Comentários como esse, de que eu levava *uma vida demasiado burguesa*, tinham o poder de me fazer pensar que afinal ela não estava tão isolada em si mesma ou tão voltada para os assuntos de seu *Instituto de Pesquisas Artísticas* como ela dava, para mim, a impressão de estar, especialmente nos últimos momentos. Nos últimos momentos de nossa vida em comum, quero dizer.

É curioso como basta às vezes uma rápida observação de uma outra pessoa para levar alguém a perceber em si mesmo algo de cuja existência jamais suspeitara. Assim que Beatriz B. disse que eu levava uma *vida excessivamente burguesa* percebi que ela tinha razão mesmo sem saber a que exatamente se referia. Ela me fez essa observação com um sorriso vagamente irônico, o que apontava quer para sua provável crença de não levar, ela própria, uma vida burguesa, quer para a descoberta de que eu, no fundo, levava uma vida diferente da que eu mesmo pensava ou pretendia. Refletindo instantaneamente sobre sua observação, percebi que ela estava certa mesmo não sendo minha vida assim tão burguesa. Nunca tive dinheiro para supérfluos excessivos, se essa imagem for possível, nem mesmo para fazer ou ter a maior parte do que desejava, e que nunca foi muita coisa. Mas não era certamente a isso que Beatriz B. se referia e, sim, a um certo *modo de viver*, um modo de viver que no entanto eu desenvolvera e mantinha *com ela*. Ela não poderia dizer-me que eu levava uma *vida burguesa em demasia* sem automaticamente aceitar que ela mesma levava uma vida muito burguesa, mas era exatamente isso o que acontecia: apesar de ser o modo de vida dela quase exatamente o mesmo modo meu, o sorriso irônico em seus lábios pretendia apontar para a hipótese de que ela levada uma vida diversa. O que era cômico, me parecia. O fato de Beatriz B. levar uma vida muito burguesa, porém, parecia não incomodá-la nem surpreendê-la, surpreendendo-a apenas, parecia, o fato de *eu* levar uma vida supostamente demasiado burguesa. Beatriz B. gostava de encontrar a *essência* das coisas, como ela costumava dizer, pelo menos a partir de certo momento de sua vida e de nossa vida em comum. Ela gostava, como dizia, de procurar uma *explicação unitária* para os fenômenos e, acima de tudo, para as pessoas, o que significava encontrar a essência desses fenômenos e dessas pessoas. Beatriz B. nunca se contentou, desde que manifestou esse interesse pelas *explicações unitárias*, com imagens parciais desses fenômenos ou pessoas, com entendimentos parcelados de fenômenos e pessoas. Afastava toda idéia que tendesse a sugerir-lhe que poderia ter razão parcialmente, sem ter razão absolutamente. Estar parcialmente errada significava para ela, ainda mais quando passou a manifestar *opiniões peremptórias*, estar completamente enganada, sensação que ela compartilhava, talvez sem saber e entre outros pensadores, a maioria franceses, com Freud, cujos livros ela lia e relia intensamente naqueles dias e cujos ensinamentos ela tentava aplicar, canhestramente a meu ver, aos acontecimentos envolvendo pessoas com quem se relacionava, como eu. E estar completamente enganada a respeito da essência dos fenômenos e das pessoas, o que para ela derivava do fato de estar apenas parcialmente certa a respeito desses fenômenos e pessoas, era algo que ela não gostava sequer de admitir, como pude constatar várias vezes ao tomar conhecimento, tanto quanto Beatriz B. me permitia, de seus assuntos no *Instituto de*

*Pesquisas Artísticas.* Não posso dizer que ela estava de todo enganada quando observou que minha vida era muito burguesa, embora eu não pudesse dizer então, como não posso dizer ainda agora, em que exatamente ela estava equivocada. Sem dúvida os padrões de minha *vida muito burguesa* não eram e nunca poderiam ser os mesmos de muitos outros que, estes sim, levavam uma vida muito burguesa. Algo de muito burguês, todavia, minha vida devia ter, caso contrário eu sem dúvida já teria não apenas começado meu livro sobre Niemeyer como terminado meu livro sobre ele. Curiosamente, Beatriz B. nunca reconheceu a pertinência de minha obsessão por Niemeyer e, mesmo, nunca gostou de Niemeyer apesar de Niemeyer ter declarado várias vezes que jamais teve ricos entre seus amigos, *dos quais fugia por instinto*, como ele disse, o que deve significar que a vida de Niemeyer nunca foi *burguesa em demasia*. *Fui sempre comunista*, disse algumas vezes Niemeyer, conforme verifico em minhas anotações sobre ele, *ou*, mais exatamente, como ele mesmo corrigiu, *sempre agi como tal*. O fato de sempre ter sido um comunista, *ou de ter agido como tal*, tornou Niemeyer, como ele disse, *mais natural, mais humilde e mais tolerante*, o que deve ser tomado como sinal de uma vida não muito burguesa. Quanto a mim, apenas quando li essa declaração de Niemeyer foi que entendi nunca ter sabido de fato o que podia significar *agir como um comunista sem ser um*. Nunca fui o contrário de humilde, tanto quanto posso perceber, e tampouco fui o que se pode chamar de intolerante. Mas estou pronto a reconhecer que *natural* também nunca fui ou quase nunca fui. Na verdade, sempre fui o primeiro a perceber a existência de uma *máscara imaginária* que me dava a sensação de cobrir não apenas meu rosto como todo meu corpo e que muitas vezes me dava a sensação de não estar exatamente colada sobre minha pele mas situada a alguma distância de minha pele e de meu corpo, uma distância suficiente para me permitir identificá-la e assim senti-la como algo extremamente incômodo, algo que por vezes me dificultava até mesmo andar, não apenas falar, porque era como se, revestindo quase todos os meus movimentos, mas não todos, essa máscara imaginária funcionasse como um estorvo no qual eu tropeçava, fisicamente. Naquele momento eu não soube porém, como não sei ainda agora, se isso era suficiente para qualificar minha vida como *muito burguesa*. Provavelmente era uma vida muito burguesa por outros motivos, sei que podem ser vários os motivos que levam a uma situação como essa e que alguns deles me diziam respeito. Seja como for, senti que Beatriz B. tinha alguma razão (para Beatriz B., ela tinha *toda* razão), o que não foi algo muito agradável. Para usar as palavras corretas, foi mesmo uma descoberta bastante desagradável, acima de tudo por ter sido feita àquela altura de minha vida. E havia ainda esse outro aspecto da questão sobre o qual eu devia passar a refletir, o fato de eu levar uma vida de *algum modo* muito burguesa *enquanto* Niemeyer *agia sempre como comunista*. Coincidentemente, embora eu saiba que nada acontece por coincidência, pouco antes dessa conversa com Beatriz B. eu havia tido acesso, através daquele mesmo *Instituto de Pesquisas Artísticas*, a um vídeo no qual era perfeitamente visível a magnificência da casa particular de Niemeyer incrustada num bosque cujas árvores e pedras eram perfeitamente visíveis através das paredes de vidro, como numa outra casa famosa de um colega de profissão de Niemeyer, um americano. Entre os adjetivos que podiam ser aplicados a essa casa, que ele mesmo construiu e na qual afinal não morou muito tempo *por causa dos assaltos*, como ele disse, caberia perfeitamente o *muito burguesa* referido por Beatriz B. Até que ponto morar numa *casa muito burguesa* implica uma *existência muito burguesa*, e até onde levar uma vida muito burguesa impede que se façam certas coisas, como *escrever livros* por exemplo ou *agir como um comunista*, ou até que ponto obriga a fazer certas coisas, como casas muito burguesas, é um problema sobre o qual procurei refletir antes de começar a escrever sobre Niemeyer, sem ainda muitos resultados. Beatriz B. não teria pensado muito em questões como essa, como não deve ter pensado depois de passar-me sua opinião sobre meu modo de vida que, sugeriu ela, era o responsável por eu não fazer ou por eu deixar de fazer muita coisa. Se saber dessa característica de minha vida, àquela altura de minha vida, constituiu para mim motivo de preocupação, recordo que me preocupei ainda mais com o sentido do sorriso de Beatriz B. que acompanhou sua observação curta, um sorriso entre irônico e de desprezo cujo significado para nosso relacionamento só poderia ser negativo.

Recordo também que ao ver o vídeo sobre a casa particular de Niemeyer no meio do bosque, o que me interessou mais não foi identificá-la (ou não) como *muito burguesa* mas, sim, uma curta frase de Niemeyer sobre a visão da baía da Guanabara *que entrava pela janela de seu escritório*, como ainda entra, não ali em sua casa particular mas em seu escritório de trabalho na cidade, à beira-mar. Sentado diante da câmera de vídeo mas sem olhar para a lente da câmera e mostrando um rosto cujo aspecto, conforme se costuma dizer, é o aspecto cansado das pessoas de *muita idade*, Niemeyer aparece no vídeo dizendo que *a paisagem da Guanabara entra pela janela* de seu escritório e que ele olha as coisas *como despedindo-se delas*. Niemeyer diz essa frase uma única vez no mesmo tom tranqüilo com que costuma dizer suas outras frases e com um ligeiro sorriso nos lábios que tanto pode ser um sorriso simples como um ricto habitual que seus lábios assumem ao emitirem sons articulados e, se for um sorriso, que tanto pode ser um sorriso de ironia diante da própria observação ou um sorriso de resignação e autopiedade, ou ambos os sorrisos. Niemeyer diz essa frase, *olho as coisas como me despedindo delas*, apenas uma única vez mas é como se a repetisse uma e outra vez no curto espaço de tempo em que seu entrevistador, incomodado pela observação, silencia seus comentários óbvios permitindo a Niemeyer repetir silenciosamente a frase, uma e outra vez, com seus olhos semicerrados que não se voltam para a lente da câmera e com a figura que seu rosto assume nesse momento. Foi isto que me interessou observar no vídeo sobre Niemeyer que obtive através do *Instituto de Pesquisas Artísticas* fundado por Beatriz B. com tanto descortino empresarial e ao mesmo tempo com tanta inabilidade, uma vez que neste país as habilidades requeridas para que uma iniciativa artística dessas vingue empresarialmente são tantas que praticamente não podem se concentrar numa única pessoa, como não podiam concentrar-se em Beatriz B., em cujas mãos o *Instituto de Pesquisas Artísticas* acabou fracassando. Foi essa pequena frase, *olho as coisas como me despedindo delas*, que me chamou a atenção e me confirmou tanto meu vínculo imaginário com Niemeyer quanto a necessidade de começar finalmente a escrever meu livro sobre ele. Durante várias semanas, depois de ver esse vídeo, escrevi obsessivamente nas margens de todos os livros e revistas lidos, nos momentos em que levantava os olhos do papel para tentar refletir, a frase *tenho de escrever sobre Niemeyer, tenho de escrever sobre Niemeyer,* sublinhando com toda força o *tenho de* na tentativa de convencer-me definitivamente de que esse era realmente meu desejo e minha necessidade. Aquela frase, *olho as coisas como me despedindo delas*, ressoou em minha imaginação porque mais de uma vez eu mesmo a havia dito para mim mesmo, em especial quando partia de uma *cidade* de muita significação para mim, como Paris, que também Niemeyer sempre adorou e não apenas porque essa *cidade especial* o recebeu quando nela se exilou durante a ditadura militar. Vejo-me partindo de Paris certa noite, de trem (com Beatriz B., evidentemente), e olhando para a cidade através da janela do compartimento, olhando os carros rodando em silêncio nas ruas porque o vidro grosso da janela fazia das cenas uma espécie de filme mudo, e olhando as pessoas entrando e saindo em silêncio das modestas lojas iluminadas nos bairros, porque os trens sempre entram rapidamente nos bairros modestos assim que saem das estações, e vejo-me em minha imaginação dizendo em silêncio para mim mesmo que *aquela poderia ser a última vez que visitava aquela cidade especial* e que provavelmente *eu estava me despedindo* dela sem saber, o que me levava de certo modo a me despedir dela, por via das dúvidas, como se diz. E vejo-me depois, em outras ocasiões posteriores, partindo de Paris, e de outras cidades, *como me despedindo delas* novamente e, claro, sem poder acreditar que cada uma dessas vezes fosse de fato a última vez. Sei, portanto, perfeitamente bem do que falava Niemeyer quando disse no vídeo que olhava para a baía de Guanabara entrando pela janela de seu escritório *como se despedindo das coisas*. Sei também, perfeitamente, que a *possibilidade de despedida já é a despedida* e que era esta a sensação que estava por trás da frase dita por Niemeyer naquele vídeo. Beatriz B. nunca compreendeu minha crença de que *a possibilidade de uma coisa já é a própria coisa*. Num certo momento em que as relações que eu mantinha com Beatriz B. (frase que prefiro a outras como minhas relações com Beatriz B., excessivamente pessoal) não haviam ainda chegado ao ponto de deterioração mais tarde alcançado, um médico me disse acreditar que eu estava com um *problema extremamente sério*, como ele disse, e eu mesmo acreditei estar com *problema extremamente sério*. Durante dezoito exasperantes e depressivos meses, um médico e eu acreditamos que eu estava com um *problema extremamente sério*. Depois, o médico não acreditou mais que fosse um *problema extremamente sério* ou, simplesmente, deixou de pedir-me novos exames, o que provavelmente significa a mesma coisa. Muitos anos se passaram desde aquele momento, mais de uma década, o que me faz saber agora que eu não estava com uma doença mortal naquele momento mas, sim, com uma *bomba armada dentro de mim pronta para explodir ao menor sinal de que eu estivesse baixando minha guarda interna* — uma bomba armada pronta para detonar ao menor sinal interior de que eu estivesse aceitando a idéia da explosão. De todo modo, ao final daqueles dezoito meses não me importava mais saber que minha doença não era mortal porque desde o primeiro minuto a possibilidade da doença mortal equivalia a uma doença mortal. A possibilidade da morte já é a morte. E embora eu não tenha morrido naqueles meses exasperantes, de algum modo eu havia morrido, idéia que Beatriz B. achava *simplesmente ridícula*, como ela costumava dizer naqueles dias. *É simplesmente ridículo você dizer uma coisas dessas*, ela dizia, ou então *Não sei como você não se dá conta do ridículo que é dizer uma coisa dessas, pensar uma coisa dessas*. Ela não entendia que a possibilidade da morte já é a morte. Melhor: ela não podia entender uma idéia como essa, a idéia de que a possibilidade da morte já é a morte. Sua personalidade, sua conformação interior era intrinsecamente avessa a uma idéia como essa de que a possibilidade da morte já é a própria morte. Beatriz B. não podia entender sequer que uma idéia assim era, antes, um *símbolo* e que estava dotada portanto de uma força cuja intensidade, não sendo análoga à de uma *força real*, seja o que isso for, é no entanto *extremamente forte* e às vezes mais forte mesmo que a força da coisa em si. Para Beatriz B., era uma idéia ridícula. Para mim, inversamente, era e tem sido uma idéia fundamental assim como, descobri muito depois daquele momento relacionado com uma doença supostamente mortal, é uma idéia fundamental também para Niemeyer, o que pode explicar pelo menos em parte a *aversão profunda* sempre manifestada por Beatriz B. diante de Niemeyer e de sua obra. Para mim, inversamente, era um ponto de atração a me puxar na direção de Niemeyer. Se eu tinha, como tenho, dificuldades sérias para entender certos traços da personalidade de Niemeyer e de suas obras, bem como de suas motivações, o que sem dúvida tem provocado o adiamento do início do livro que pretendo escrever sobre ele um dia, não tenho dificuldade alguma para entender essa passagem de seu pensamento. O único ponto sobre o qual sou obrigado a refletir, absolutamente obrigado a refletir (e que, de modo paradoxal, deve estar retardando meu projeto), é que a possibilidade de escrever um livro sobre Niemeyer já é um livro sobre Niemeyer, assim como a *possibilidade de uma separação* (no caso a separação entre Beatriz B. e eu) já é a separação. Só quando senti materialmente e existencialmente, em todos e cada um de meus nervos, que a possibilidade da morte já é a morte foi que pude perceber, *retrospectivamente*, que a possibilidade de separação já é a separação e que portanto eu já estava separado de Beatriz B. há muito tempo, bem antes do instante formal de nossa separação e bem antes de eu saber de minha falsa doença mortal. Nunca mencionei a Beatriz B. a idéia de que a possibilidade de separação já é a própria separação. Independentemente disso, Beatriz B. dizia que minhas *idéias sobre as possibilidades*, como ela dizia, sublinhando as palavras (no caso que ela conhecia, a possibilidade da morte), demonstravam meu *profundo e absurdo pessimismo*. Absurdo porque, Beatriz B. me dizia, eu não tinha razão alguma para ser pessimista a tal ponto, um pessimismo que eu era incapaz de ocultar, segundo ela, e que vazava, a seu ver, para o mundo de minhas relações exteriores, transfigurando-as às vezes irremediavelmente e dando-lhes um sentido azedo (ou ácido) capaz de impedir que outras pessoas, como ela mesma, Beatriz B., se aproximassem de mim — o que, ela dizia, no fundo era exatamente o que eu queria.

Naturalmente, eu não concordava com Beatriz B. a respeito de meu pessimismo, meu *suposto pessimismo*. Mesmo admitindo um eventual equívoco de minha parte, pois cada vez mais eu aceitava a idéia de poder estar errado *na maior parte do tempo* quanto a fatos e noções, minha idéia era que eu sempre havia sido o *oposto* de um pessimista. Não no sentido de Niemeyer, é verdade. Niemeyer, segundo anotações de um de seus biógrafos prematuros, completamente prematuros, *acreditou no futuro*. Não posso dizer que tenha sido exatamente essa minha posição diante desse tema. *Acreditar no futuro*, o que significa em última instância *construir o futuro*, não é coisa simples. Essa é uma frase, na aparência banal, que várias vezes repeti para Beatriz B., esse nome incômodo, apenas para dela ouvir, como resposta, *exatamente*, que essa era uma *frase banal*. Beatriz B. comportou-se freqüentemente de modo a dar a entender que, para ela, a banalidade tudo descaracterizava e punha a perder, um vestido, uma idéia, um projeto, um modo de vida, o que explicava para mim o sentido de muitas de suas ações, como a criação do *Instituto de Pesquisas Artísticas* que podia ser tudo na sua *concepção* menos banal. Pelo menos, no contexto deste país grotesco e ridículo, povoado por criminalóides sempre prestes a transformar em ato concreto o que é neles uma possibilidade continuamente latente. *Fugir da banalidade* era uma obsessão de Beatriz B., e minha também durante algum tempo, devo admitir. Durante muito tempo. *Durante muito tempo*, fui animado por esse mesmo sentimento, o que pode explicar a duração, ao final surpreendentemente longa, de nossa vida em comum. Depois, essa questão acabou, para mim, sendo soterrada por inúmeras outras, dezenas e dezenas de outras aparentemente mais importantes, como a questão da *forma*. Da forma e da *aparência*. De modo para mim paradoxal, Beatriz B., com toda sua preocupação quanto a não ser banal, nunca foi capaz de aceitar inteiramente minha preocupação com a forma (e por conseguinte, com a aparência). Dizia não poder entender como uma pessoa como eu atribuía tanta importância à forma e às aparências e desprezava o que estava por trás de uma e outras, embora entendesse, dizia, que podia estar aí minha fascinação por Niemeyer. De meu lado, eu vivia dizendo para Beatriz B. que eu não entendia como uma pessoa como ela era incapaz de reconhecer a importância vital da forma e da aparência, em particular depois que ela passou a dedicar-se ao *Instituto de Estudos Artísticos* com um fervor até então nunca visto. Eu dizia a Beatriz B., sem nunca conseguir convencê-la, que era eu a não entender como uma pessoa como ela era incapaz de perceber que *nada existe além da forma e da aparência*. Em todo caso, Beatriz B. me respondia, quando eu lhe dizia que construir o futuro não é uma coisa simples, que essa era uma resposta banal e que eu me ocultava por trás dessa banalidade (uma ou outra vez ela chegou a dizer *por trás dessa aparente banalidade*, sem ligar essa observação com nossas discussões sobre o problema da forma!) apenas para ocultar meu pessimismo. Não era esse meu sentimento, por certo. Construir o futuro não é uma coisa simples porque é preciso escolher um objetivo e corrigir a trajetória da ação a cada segundo, como se faz quando se tem de operar uma bateria antiaérea, assim como por acaso descobri, com surpresa, em meus estudos, cada vez mais intensos, de biologia do comportamento. A diferença entre o futuro de um homem e o futuro de um tiro contra um avião é que neste caso a operação, *a coisa,* é relativamente simples uma vez que o objetivo é evidente, embora móvel. No caso das *perspectivas humanas*, como se costuma dizer, a situação é diferente, o objetivo de hoje quase nunca é o objetivo de amanhã uma vez que hoje só é possível imaginar objetivos com as idéias, os desejos, as análises e os critérios *de hoje*. *Nossos desejos do futuro são apenas a pálida imagem poetizada de nosso conhecimento do presente e das idéias que temos do presente*, como anotei após a leitura de um livro sobre biologia do comportamento cujas restantes proposições esqueci por completo — e sem mais me lembrar o que, nessa passagem, pertence ao autor daquele livro e o que eu mesmo acrescentei. Construir o futuro não é simples porque trata-se de uma *coisa* não apenas móvel como não passível de ser formulada pela imaginação. Não é nada banal, ao contrário do que Beatriz B. dizia. Eu apenas não acreditava no futuro como Niemeyer, por exemplo, acreditava. E acredita, suponho. Isso não queria dizer que eu fosse um pessimista, eu apenas achava que o futuro é aquilo que a ação a cada instante o faz ser. Descobertas como esta e como a contida na observação de que o desejo do futuro é apenas uma pálida imagem poetizada do que se conhece e se pensa *hoje* levaram-me, é verdade, a *não acreditar no futuro* do modo como provavelmente Niemeyer acreditou. Desde sempre, por exemplo, eu quis *escrever livros*, assim como provavelmente desde sempre Niemeyer quis fazer o que acabou fazendo. Como conseqüência, a partir de um determinado momento eu quis escrever um livro *sobre* Niemeyer. Desde sempre, no meu caso, quer dizer desde criança. Depois, muito depois, descobri que esse era um *desejo romântico*, como passei a dizer. Com essas palavras eu queria significar que a partir de um dado momento compreendi que *escrever livros* era algo que se ajustava pouquíssimo às condições reais de vida neste país, de resto grotesco, e que havia muitas outras alternativas na vida, incluindo algumas mais adaptadas a meus desejos e, simultaneamente (embora eu pouco acredite na ocorrência de fenômenos ou condições simultâneas), às condições de vida neste país francamente grotesco. A expressão mais tarde encontrada, e por mim modificada em parte, sobre serem os desejos do futuro apenas a *pálida imagem poetizada de nosso conhecimento do presente e das idéias que temos do presente*, revelou-se um modo mais elegante e mais amplo de descrever meu sentimento a respeito deste ponto, embora na essência signifique a mesma coisa. *Naquele tempo*, eu provavelmente acreditava na possibilidade de *escrever todos os livros do mundo*, o que sem dúvida era o móvel principal de meu desejo de escrever. Quando descobri que seria impossível escrever todos os livros do mundo, descoberta que relatei a Beatriz B. para seu espanto com o que chamou de *insuspeitável e ridícula ingenuidade de minha parte*, escrever dois ou três ou um único livro perdeu todo sentido, o que provavelmente explica de algum modo o fato de eu ainda não ter encontrado o caminho certo para iniciar o livro sobre Niemeyer. Seja como for, deve ter sido isso que aconteceu, eu construí ou recebi uma imagem poetizada do presente, uma pálida imagem poetizada do presente, e com essa imagem esgarçada quis construir um futuro. Digo *recebi* porque certamente foi isso que aconteceu, recebi essa imagem de algum ponto exterior a mim. Sempre me fascinou, e em certos momentos me aterrorizou, o poder que têm as imagens de se projetarem e grudarem nas coisas e nas pessoas, como agarrando-as e penetrando fundo nelas, fundo a ponto de ser impossível eliminá-las. Descobri esse poder das imagens quando, bem mais tarde, pensei nas câmaras fotográficas que as crianças fazem com latas de conserva vazias dentro das quais se coloca um papel adequado e nas quais se abre um pequeno furo para a passagem da luz. Eu mesmo devo ter feito uma experiência assim quando criança mas apenas muito mais tarde descobri seu significado terrível. Percebi que pelo furo na lata as imagens não são aspiradas inelutavelmente mas que, pelo contrário, as imagens penetram irresistivelmente pelo furo tomando conta do interior da lata como tomam conta do interior de um cérebro humano, do mesmíssimo modo como aquela *imagem poetizada do presente* tomou conta de mim.

Mas, não é simples construir um futuro a partir de uma imagem poetizada, e dizer isso não é incorrer em uma banalidade, como acreditava Beatriz B. (como talvez ela ainda acredite). Dizer portanto que não é possível acreditar no futuro não significa fazer uma declaração de pessimismo. Mesmo porque, não é simples entender o sentido de uma *declaração pessimista* ou de uma *declaração otimista*. Niemeyer acreditou no futuro mas, segundo um de seus biógrafos prematuros, apesar de ter *participado da vida*, como ele supostamente afirmou, e de ter dado concretude prática a dezenas de suas idéias, numa certa cerimônia pública de exposição de sua obra reconheceu-se *deprimido frente a esses trabalhos que vocês vão examinar*. Nessa ocasião, disse ter *construído para o Estado, trabalhado para os ricos, para os poderosos, nada mais do que isso* e nunca ter conseguido trabalhar *para este mundo de pobres que constitui a maior parte de meus irmãos*. Dificilmente um homem que na *parte final da vida* se diz deprimido por não ter conseguido trabalhar para seus irmãos pode ser considerado um otimista, como Beatriz B. afirmou (ou reconheceu) mesmo não podendo *suportar* Niemeyer, como disse algumas vezes. A menos, claro, que, ao contrário daquilo que foi escrito por um de seus biógrafos prematuros, Niemeyer nunca tenha na verdade acreditado no futuro, mesmo tendo realizado dezenas de suas idéias. Ou ainda, a menos, claro, que *ele nunca tenha se sentido deprimido* com nada que disse respeito a sua profissão — a menos, em outras palavras, que ele sempre tenha desejado fazer o que exatamente acabou fazendo. A menos, claro, que ele nunca tenha ingenuamente pretendido, com idéias e conhecimentos de um determinado momento (portanto idéias e conhecimentos insuficientes e não relevantes), alcançar objetivos futuros, aceitando a idéia de que o futuro é aquilo que a ação a cada instante o faz ser. A menos ainda, claro, que Niemeyer tenha se enganado a respeito de seus desejos e nunca tenha sentido, no fundo, necessidade de trabalhar para outras pessoas e entidades além daquelas para as quais trabalhou!

Inaceitável, de todo inaceitável começar meu livro sobre Niemeyer sem antes conseguir determinar qual dessas alternativas sobre sua idéia de futuro é a correta, ou sem conseguir saber, como Beatriz B. indiretamente me sugeriu descobrir, se Niemeyer é (pois ele continua vivo neste momento em que escrevo) pessimista ou otimista. Por outro lado, resolver *agora* uma questão que se apresentou ou desenvolveu *antes* para um dado indivíduo, como Niemeyer, me parece tarefa cada dia mais difícil, praticamente impossível. Já há um bom tempo não venho procurando encobrir a aversão que sinto, como Beatriz B. percebeu no momento certo, pelos historiadores (e biógrafos) que se comportam como *profetas a posteriori*. Fico sempre surpreso quando num *encontro científico*, como se costuma dizer, noto a desenvoltura com que historiadores (ou biógrafos) apresentam suas descobertas sobre, por exemplo, *traços embutidos na produção inicial* de certo autor *que apontariam para o que mais tarde seria a essência de sua obra* ou, por exemplo, os *visíveis fatos premonitores da próxima conflagração*. Não consigo compreender como a fragilidade desse procedimento retrospectivo não explode diante desses historiadores (ou biógrafos) e suas platéias como uma estrondosa bomba de efeito moral, como se diz. Beatriz B., como seria previsível, nunca pôde aceitar minha argumentação quanto a este ponto, em particular depois de fundar o *Instituto de Pesquisas Artísticas*, que inevitavelmente teria de ocupar-se de temas como este. Quanto a mim, a partir de certo momento não me foi mais possível aceitar ou lidar com *profecias a posteriori* (expressão que irritava profundamente a Beatriz B. por perceber a crítica que nela eu embutia) encontradas por exemplo em disciplinas acadêmicas como a História e a Psicanálise, que servem exatamente, nas mãos dos amadores mas não deles apenas, ao contrário do que alguns pretendem, para explicar e prever, *depois que aconteceram,* todos os fatos sociais e todos os *estados de espírito,* os que têm um sentido e os de sentido oposto a esse, mas que não servem para antecipar esses fatos como faz a ciência verdadeiramente contemporânea, a ciência verdadeira, se cabe dizer isso. Para entender certos fatos sociais ou certos estados de espírito não é necessário recorrer a disciplinas como essas. O problema é que para explicar esses fatos e estados freqüentemente não é possível recorrer a essas *nem a quaisquer outras disciplinas,* o que me torna tão difícil entender Niemeyer quanto, sem dúvida, foi difícil para Beatriz B. entender-me.

Tentando compreendê-la, posso imaginar que certamente um dos motivos pelos quais me considerou, até o fim, um *pessimista profundo* foi o fato de eu ter-lhe dito um dia, já próximo de nosso rompimento (expressão não adequada porém cômoda para designar o que houve entre nós naquele momento), que eu precisava conseguir identificar o *momento exato de desistir* do que estava fazendo e do que um dia quis fazer. Beatriz B. ficou *chocada* com esta observação. Ficou chocada, em todo caso, na segunda ou na terceira vez em que a repeti, uma vez que quando soltei essa frase no meio de uma conversa anódina ela rigorosamente não a percebeu, não pareceu percebê-la. Quando finalmente percebeu, sem dúvida muito mais por motivos e interesses próprios ou relacionados com nossa vida comum do que por motivos que dissessem respeito a minha própria vida apenas, Beatriz B. se disse chocada e viu nisso outro sinal de meu pessimismo. Para mim, era exatamente o contrário, um sinal de otimismo, se for necessário usar os conceitos escolhidos por Beatriz B. para discutir o assunto. Sinal de otimismo porque eu estaria desistindo do que havia inicialmente decidido fazer porém não desistindo de fazer *alguma coisa*. De todo modo, o que eu gostaria de tê-la feito entender é que se eu chegara ao ponto de dizer que precisava identificar o *momento certo de desistir* e, em seguida, como lhe disse num outro dia, a partir daí *efetivamente desistir*, fora porque ela mesma me havia dito, em algum momento do passado, que na adolescência ela havia desejado intensamente ser cantora lírica mas que um certo dia descobriu não ter futuro nessa profissão e assim pura e simplesmente resolveu *desistir* para fazer outra coisa. Impressionou-me fortemente esse episódio sob dois aspectos. Primeiro, porque Beatriz B. me contou esse episódio sobre sua adolescência e seus desejos adolescentes muito antes de eu falar-lhe sobre minha eventual decisão de desistir, sem que eu naquela ocasião tivesse dado maior importância a esse seu relato. Só muito depois, quando ela voltou a mencioná-lo rapidamente no meio de uma conversa sobre outras coisas, sem dúvida esquecida de já tê-lo narrado para mim ou então porque a partir de um certo momento as conversas entre duas pessoas com alguma vida em comum tendem a *repetir-se paroxisticamente*, foi que eu, como numa explosão conceptual, pude perceber a *força dramática avassaladora* do que Beatriz B. havia dito e feito. Segundo, impressionou-me de modo muito intenso que Beatriz B., ela própria, não percebesse o significado de sua decisão naquele dia longínquo e, depois, o *impacto severo* de sua revelação sobre mim. Fiquei extremamente impressionado com a autoconsciência e a personalidade afirmativa e corajosa revelada por Beatriz B. naquele momento de sua vida. Suponho que a maioria das pessoas continua a fazer o que está fazendo por inércia ou por esperar, ingenuamente, uma mudança capaz de *inverter o sentido* do que estava fazendo e, assim, permitir-lhe dar a sua vida o *sentido inicial* planejado. Admirei Beatriz B. quando me dei conta, naquela segunda ou terceira vez em que a ouvia contar-me essa passagem de sua vida, do que deve ter representado essa decisão para ela. Infelizmente, nosso relacionamento estava próximo do fim nessa ocasião e pouco ou nada essa admiração poderia ter significado. Mesmo porque Beatriz B. não percebeu essa admiração, talvez não a tenha identificado como tal nem por um breve instante. Disse infelizmente mas essa é obviamente uma palavra inapropriada, um claro vício do pensamento — em todo caso, um vício do pensamento tal como se pratica o pensamento neste grotesco país eufêmico no qual as palavras quase sempre são ditas para significarem o oposto do que estão dizendo. Não senti nenhuma infelicidade naquele momento e é possível que tenha mesmo me sentido aliviado por ter sido capaz de chegar pelo menos à consciência da necessidade de identificar o momento da desistência, relativa tanto a meu projeto de escrever livros, e acima de tudo de escrever um livro sobre Niemeyer, quanto, é claro, relativa a nossa vida em comum, a vida entre Beatriz B. e eu. Beatriz B. deve ter percebido o duplo alcance de minha observação sem ter deixado transparecer suas reações interiores. Não consigo imaginar a sensação que deve ter-se apossado de Beatriz B. naquele instante. De fato, não consigo *e não quero imaginar.*

O episódio da descoberta de que era preciso identificar o *momento de desistir* de alguma coisa, de um projeto, de um relacionamento, impressionou-me fortemente antes de mais nada por ter ocorrido *naquela específica altura* de minha convivência com Beatriz B. e da convivência com a idéia do livro sobre Niemeyer. Não poderia ter acontecido em outro instante, sem dúvida, mas o fato de ter acontecido *àquela altura* deu-lhe significação marcada. Talvez eu não exagere se disser que o mais impressionante para mim não foi tanto descobrir que havia um *momento de desistir* a ser identificado quanto o fato de que eu tivera, em algum momento do passado, a oportunidade de tomar consciência dessa necessidade de identificar o *momento de desistir* sem no entanto aproveitar-me dessa oportunidade — que, se aproveitada, me pouparia, quem sabe, muitas posteriores sensações e tomadas de consciência desconfortáveis e dolorosas. Muito antes, alguns anos antes, Beatriz B. me falara sobre aquele seu momento decisório e eu nenhuma importância havia dado à questão, quase certamente por não imaginar que um dia eu pudesse me defrontar, eu mesmo, *eu também*, com a necessidade de saber se havia chegado o *momento de desistir* de alguma coisa. Esse certamente foi o motivo de minha anterior insensibilidade diante dessa questão: não poder admitir que um dia me veria na mesma situação por ela supostamente vivida. Percebendo ter desperdiçado a oportunidade anterior de chegar *antes* à mesma conclusão só mais tarde alcançada, o que descobri sobre mim foi ter até então gasto sempre *o dobro do tempo para fazer as coisas por ser rápido demais*. Passo depressa pelas coisas, como por algo que me é dito, como diante de um quadro num museu, e obrigatoriamente tenho de voltar depois para reouvir, rever, ver bem, ver mesmo. Observo um quadro num museu ou contemplo uma certa paisagem urbana e *depois*, mais tarde, quando estou bem distante desse quadro ou dessa paisagem urbana, sinto um excruciante desejo de voltar para ver novamente aquele quadro, aquela paisagem urbana, para revê-los, não para vê-los pela primeira vez, mas para ver o que não vi da primeira vez por ter passado depressa demais por eles sem me dar conta de que, agindo assim, eu tornava indispensável um retorno, uma *segunda vez*. Nem tudo que eu via (esta compulsão, por certo, não dizia respeito apenas a coisas vistas mas também a coisas ouvidas e outras, embora a visão tenha sido sempre para mim, percebo agora, minha *experiência privilegiada* com o mundo e com as pessoas) exigia de mim um retorno, algum retorno. Se mencionei um *quadro num museu* ou uma *paisagem urbana*, não foi por acaso. Não me recordo que uma paisagem da natureza tenha exigido de mim uma *segunda vez*, embora isto possa ser apenas uma falha momentânea da memória. De todo modo, foi a partir da percepção plena, experimentada na segunda vez, do que Beatriz B. me dissera sobre o *momento de desistir*, que me dei conta de que eu teria de viver duas vezes — e nesse momento me senti como de fato vivendo duas vezes, como se tivesse sempre *vivido duas vezes*! Não sei dizer exatamente qual sensação invadiu meu corpo, mais do que minha cabeça, quando me dei conta dessa imaginação. O fato é que no instante em que a tive ela se apresentou para mim como a mais correta das sensações. Por ser muito rápido e portanto levar o dobro do tempo gasto pelas outras pessoas para fazer certas coisas, eu precisava viver duas vezes e me sentia como tendo de fato vivido duas vezes! Ou como quase tendo vivido duas vezes, como tendo estado na *iminência* de viver duas vezes, o que poderia ser já o bastante. Refletindo *retrospectivamente* sobre as coisas, os fatos, os feitos e os estados de espírito, essa dupla vivência surge, nítida, em inúmeros momentos, como se toda minha paisagem mental estivesse ladrilhada por ela, como nas idas e retornos a Paris e a tantos outros lugares, como nos afastamentos e reaproximações de Beatriz B., como em tantas outras coisas. Algumas dessas coisas, porém, e coisas de importância vital para mim, aparentemente não passaram por esse processo, por motivos que ainda preciso identificar. Numa das várias ocasiões em que estive a ponto de começar meu livro sobre Niemeyer, bem antes da descoberta do *momento de desistir*, achei que precisava revisitar a primeira obra dele, sua primeira obra cronologicamente e que tanto havia se imposto no cenário deste país grotesco, obra que eu estranhamente visitara uma única vez. Intuições por certo inúmeras vezes experimentadas e que se repropuseram revigoradamente naquela ocasião diziam-me ser imprescindível revisitar aquela obra como passo para entender outras idéias de Niemeyer datadas de décadas posteriores. Viajei para a cidade onde está essa obra famosa e no caminho do aeroporto para o centro da cidade passei pelo *lago artificial* em cuja margem ela foi erguida. Não me lembrava que um dos caminhos entre o aeroporto e a cidade costeava o *lago artificial* e ao ver o cenário inconfundível daquelas águas pensei que mesmo à distância conseguiria ver a construção inovadora. Não a vi. O *lago artificial* é grande e a margem ocupada pela construção não se mostrava visível para quem passava pela avenida. Não vi a construção inovadora, que Niemeyer iria de certo modo *repetir* muito mais tarde, já numa idade bem avançada, na mesma cidade horrível em que moro agora, em que continuo morando. Não a vi do ônibus que me levava ao centro da cidade (de todo modo, não tinha esperado vê-la) e, para minha surpresa, não a vi depois! Voltei sem vê-la! Fui até lá para ver a obra instauradora de Niemeyer e não vi! Fui até lá para *rever* a obra de Niemeyer que vira mal da primeira vez e não a revi! Preciso corrigir: eu não exatamente a *vira mal*, na primeira vez, assim como nunca *vi mal* um quadro num museu ao qual acabo retornando, assim como nunca *vi mal* uma certa paisagem urbana a que sinto ser imprescindível retornar. Apenas *tenho de* voltar para rever e refazer as coisas por ser muito rápido, passar depressa demais por ela, como pela vida por exemplo, o que me faz levar o dobro do tempo normalmente gasto pelas pessoas normais para fazer essas coisas — *passar pela vida*, por exemplo. Quando visitei essa primeira obra de Niemeyer pela primeira vez, é possível que de algum modo eu intuísse que mais tarde acabaria me vendo compelido a escrever sobre Niemeyer, embora não possa ter certeza disto, tendo assim visto a obra tão bem quanto podia vê-la naquele momento, a meu modo. Depois, como costuma acontecer comigo, senti ser necessário voltar a vê-la porque Niemeyer ele mesmo *voltara a ela* em sua produção tardia, como se costuma dizer em relação às obras dos artistas que alcançam uma idade avançada, embora essa qualificação, *tardia*, seja inteiramente desprovida de sentido quando se tenta pensar no que esse qualificativo possa querer dizer. Traços inteiros daquela obra cronologicamente primeira reapareciam nessa outra obra dita *tardia* e, mais do que tentar identificar semelhanças e diferenças entre uma e outra, interessava-me comprovar que talvez também Niemeyer fosse rápido demais e passasse depressa demais por suas idéias, suas obras, significando que também ele *levava o dobro do tempo* para fazer certas coisas, pois as tinha de fazer duas vezes, ou que também ele vivia duas vezes. Talvez por ser este meu real motivo para o retorno a sua obra instauradora é que acabei por não a revisitar mesmo estando *na cidade* e mesmo tendo ido lá com esse objetivo primordial embora não único: para comprovar a repetição em Niemeyer, não me era imprescindível voltar a ver sua obra inicial, que já conhecia bem. Não revisitei aquela obra embora, para todos os efeitos e para os efeitos particulares relativos a minha compulsão para a rapidez e, por isso mesmo, para *levar o dobro do tempo* para fazer as coisas, fosse como se a tivesse revisitado uma vez que de algum modo acabei voltando àquela cidade (que para mim é a *fronteira extrema* entre o país do sul e o resto do país, ambos igualmente grotescos) e acabei refazendo esse caminho, *mais um* caminho. Não revisitei a obra naquela ocasião, nem em nenhum outro momento até agora, porque um banal caso fortuito desviou-me de meu objetivo: naquele dia em que fui para ver a obra primeira de Niemeyer convidaram-me para almoçar com o propósito previsível de encher-me os ouvidos com assuntos sem interesse para mim e de oferecer-me a ocasião para defrontar-me com uma comida que não me atrairia. Mesmo capaz de prever esses inconvenientes e de todo ciente de que essa *experiência humana*, como se diz, não poderia ser comparada à *experiência estética* de revisitar a obra instauradora de Niemeyer, aceitei o convite e assim não retornei àquela obra!

Quando voltei para casa e narrei a Beatriz B. o acontecido, acrescentando detalhes sobre minha perplexidade por não ter feito o que inicialmente me propusera fazer, Beatriz B. emitiu um diagnóstico sobre mim, mais um diagnóstico sobre mim, que outra vez me pareceu pertinente mesmo identificando distorções flagrantes no seu raciocínio. Sempre me espantou que os outros pudessem fazer, a meu respeito, *diagnósticos precisos*, ou que diziam ser precisos, que me pareceram sempre precisos, diagnósticos enfim que sempre acolhi em princípio com atenção. Sempre me espantou que eu fosse assim tão transparente para os outros, algo que eu nada apreciava, algo que me irritava mesmo. Como me irrita ainda hoje. O diagnóstico de Beatriz B., no meu retorno da primeira cidade a acolher uma obra significativa de Niemeyer, concluiu pela evidência de minha *existência inautêntica*, foram essas suas palavras. Eu levava uma *existência inautêntica*, ela disse, e a prova era a curiosidade superficial demonstrada pelo pouco caso diante do objetivo por mim qualificado de essencial naquela viagem, que era rever a obra primeira de Niemeyer e que não revi, e demonstrada também nas observações rápidas que eu fazia de tudo e que tanto irritavam Beatriz B. quando lhe acontecia de me acompanhar. Se fosse preciso buscar mais provas de minha *existência decaída*, termo por ela também usado naquela ocasião, bastava constatar a *fuga permanente de mim mesmo* que eu empreendia e o *falatório desenfreado* que, achava Beatriz B., era minha marca em determinadas ocasiões. Confesso não ter nunca, antes, pensado que minha existência pudesse ser uma *existência inautêntica*, expressão incomum em Beatriz B., normalmente adepta de palavras mais diretas (como *decaída*, ou *corroída*, ou *frustrada*, embora também estas fossem, nela, palavras raras). Mais do que surpreso, fiquei de certo modo assustado, *fortemente assustado*, ao ouvir Beatriz B. emitir seu diagnóstico, que de imediato me pareceu ter grande possibilidade de estar correto. Há algum tempo eu vinha me convencendo cada vez mais que, se havia algo que eu podia dizer de mim mesmo, era que tinha tudo de uma *pessoa comum*. Atribuir-me uma *existência inautêntica* era dizer a mesma coisa por outras palavras, mais fundas e radicais porém equivalentes às que usei em meu próprio diagnóstico sobre mim mesmo. No entanto, mesmo percebendo desde logo o quanto de razão Beatriz B. poderia ter naquele diagnóstico em particular, eu não podia concordar inteiramente com as alegações por ela encontradas para caracterizar minha existência como inautêntica. Eu sentia que Beatriz B. tinha razão, ou poderia ter razão, *mas não pelos motivos apontados*. Não consigo entender, para começar, como, tendo vivido, melhor, *convivido* comigo (embora essa expressão conduza a interpretações errôneas sobre o fenômeno que é a vida de duas pessoas que *parecem* viver um mesmo tempo e espaço) durante tanto tempo, Beatriz B. pôde imaginar que eu fugia permanentemente de mim mesmo. Há muito tempo atrás, realmente muito tempo atrás, eu teria me sentido desnorteado ao perceber que uma pessoa fosse a tal ponto incapaz de desconhecer as tendências, atos e comportamentos de alguém com quem convivesse por muitos anos. Houve ocasião em que cheguei a perguntar-me *de que adiantava* uma pessoa viver com outra ou conviver com outra se não era capaz de entender certas coisas básicas a respeito desse *outro*. De um modo razoavelmente rápido, acabei por descobrir, primeiro, que a pergunta sobre *de que adianta* uma coisa ou outra neste domínio dos relacionamentos pessoais *não tem rigorosamente significado nenhum*.

Em seguida, descobri que era algo inteiramente fora de lugar procurar compreender atos, tendências e comportamentos do outro com o qual se convive e que, portanto, não havia por que manifestar surpresa diante desses desconhecimentos e distorções. Mas, era no mínimo curioso que Beatriz B. falasse de uma suposta *fuga* permanente de mim mesmo pois, de meu ponto de vista, se havia algo que eu fazia *em excesso* era exatamente mergulhar permanentemente em mim mesmo. Posso recordar, ainda agora, Beatriz B. acusando-me inúmeras vezes de não conseguir *olhar para o que se passava a meu redor*. Quando porém Beatriz B. pronunciou seu diagnóstico sobre minha *existência inautêntica*, ela não deu nenhum sinal de identificar uma contradição entre suas observações a meu respeito, sinal algum de perceber que se tratava de duas afirmações totalmente inadequadas, já que eu não apenas não fugia permanentemente de mim mesmo como não deixava nunca de perceber o que se passava a meu redor, em especial com o que se passava ao redor de Beatriz B., como ela devia saber muito bem. Se havia excessos pelos quais acusar-me, eram estes dois, a saber, que eu *jamais fugia de mim mesmo* e que minha cabeça *estourava de tanto guardar os detalhes do que acontecia a minha volta*. Beatriz B. teria ido mais longe se, procurando sustentar seu diagnóstico, tivesse dito que na verdade eu não fugia de mim mesmo, pelo contrário, que eu me desdobrava na direção de muitos entes e entidades fora de mim, assim como seria fácil ver, com toda evidência, que eu me desdobrava na direção de Niemeyer, tamanha era e é minha obsessão por ele e pelo que representa na vida deste país infame. Ela teria ido mais longe se tivesse dito, ainda, que eu *me desdobrava na direção dela mesma*, Beatriz B., o que, concedo, talvez não fosse fácil para ela mesma perceber — embora fosse essa a pura verdade. Impossível dar-lhe razão nessa história da suposta fuga permanente de mim mesmo. Quanto a minha predileção pelo palavreado ou falatório, como Beatriz B. disse, ou por minha obsessão pelas linguagens e pela multiplicação das palavras, como ela disse numa segunda ocasião e que era um modo bem mais correto de expressar minha atitude diante do fenômeno que ela queria apontar, o que houve foi um nítido deslizamento de Beatriz B. na direção de um de seus motivos de irritação comigo, para cuja identificação não me é necessário recorrer a nenhum exercício de interpretação de seus movimentos de alma, para dizer assim. Fato é que Beatriz B. nunca suportou bem minha preferência pelas palavras, em particular a partir do momento em que passou a dedicar-se, quase de corpo e alma, como se diz, a seu *Instituto de Pesquisas Artísticas*. Beatriz B. passou a estabelecer, desde então, uma nítida valorização das *atividades práticas* desenvolvidas pelo *Instituto de Pesquisas Artísticas,* denominação também esta de todo improvável, ou pelas atividades práticas cujo campo era coberto pelo *Instituto,* como ela às vezes o chamava, e no qual ela mesma se incluía. Conseqüentemente, passou a desvalorizar intensamente o campo a que segundo ela eu pertencia, o campo das palavras, e que ela identificava como *o campo dos críticos*, o que na verdade nunca fui, em todo caso não no sentido por ela privilegiado. Fato é que provavelmente esse tenha sido também um forte motor de nosso rompimento, quer dizer, o fato de, segundo ela, eu ser um *crítico* e ela, uma *prática*, e que eu por isso jamais poderia entendê-la, enquanto ela dava a entender que me entendia perfeitamente bem, o que, é fácil constatar agora, não era de modo algum correto. Seja como for, não fica difícil entender por que Beatriz B., como ela mesma declarou um dia, chegou então ao ponto de, e aí está a palavra, *odiar-me*. Depois dessa declaração, foi comum eu sentir que arrastava atrás de mim um *cadáver amarrado à minha cintura,* que não era necessariamente ela mas que seria pelo menos *nosso relacionamento*, e que tornava meu deslocamento físico no espaço, digo meu deslocamento físico mesmo e não um deslocamento metafórico, algo *extremamente penoso*.

Não é fácil identificar o momento a partir do qual Beatriz B. começou a odiar-me, mesmo porque Beatriz B. sucessivamente me odiou e não me odiou diversas vezes em momentos diferentes, assim como não é fácil identificar o momento em que a consciência da repetição de atos, gestos e comportamentos começou a provocar em mim uma sensação de inexcedível angústia localizada não apenas em algum lugar de meus pensamentos mas manifestada em meu corpo, fazendo-o *vibrar ou tremer*, conforme a circunstância e meu estado de espírito, talvez de modo imperceptível para outras pessoas mas de um *modo assustador* para mim que estou preso nos elos dessa corrente imaterial, inteiramente imaterial, que sustenta em pé um corpo humano. O fato de ser rápido demais e, por isso, levar o dobro do tempo para executar diferentes ações ou atividades, transformou-se aos poucos em algo com efeito *quase devastador* sobre mim, por tornar evidente o pouco ou nenhum controle que eu tinha sobre minha vida, contrariando uma funda convicção construída desde a infância. Nunca tive a ilusão de poder controlar completamente minha existência, mas pareceu-me evidente que tinha e poderia ter um *razoável controle* sobre minha vida. Por um motivo de difícil determinação, a consciência dessas idas e retornos abalou minha crença em minha capacidade de controle do que me dissesse respeito. A situação agravou-se para mim a partir do instante em que a consciência das *recorrências buscadas* revelou a presença a meu redor, formando uma espécie de malha não passível de rompimento, uma série infindável de recorrências automáticas *de todo insuportáveis*. A consciência de deitar-me todas as noites na mesma cama e olhar todas as noites quase para o mesmo ponto no momento de apagar o abajur, vendo quase todas as noites ao lado do abajur o relógio recém-tirado do pulso, foi algo que, a partir de certa altura de minha vida, passou a encher-me de uma *angústia insuportável*. Levantar-me todas as manhãs pelo mesmo lado da cama e fazer todas as manhãs o mesmo gesto de colocar o relógio no pulso como primeiro ato consciente não me era tão sufocante quanto deitar-me toda noite no mesmo lugar e toda noite com a mesma mão apagar o abajur e ver o relógio colocado sobre o criado-mudo. Deve ter sido por isso que comecei a gostar mais e mais de viajar, entrar e sair de hotéis cujos quartos nunca vira antes e *quase com certeza* não veria depois. Nessas noites em hotéis, eu era *livre*, não havia nenhum fluxo de objetos e atos a me controlar, eu poderia ser tão rápido quanto quisesse ou tão lento quanto bem entendesse sem preocupar-me com recorrências, com retornos incessantes do passado que, de tanto repetir-se, formava um longo presente contínuo. Um presente contínuo não me pareceu algo de todo inconveniente — se não fosse formado por recorrências. Lembro-me de ter comentado várias vezes com Beatriz B., antes e depois de nosso rompimento e mesmo antes e depois de nosso rompimento ser simples possibilidade (portanto, quando esse rompimento a já havia a rigor se efetivado), a respeito de minha *profunda aversão* pela rotina. Lembro-me também de que nessas ocasiões, bastante afastadas no tempo umas das outras (embora para mim todo o acontecido no passado esteja constante e diretamente embutido no presente, sem distanciamentos e rompimentos), Beatriz B. invariavelmente responderia, com um sorriso entre irônico e condescendente, que aquele era um dos maiores absurdos por mim ditos a meu próprio respeito. Inevitavelmente eu lhe pediria então que explicitasse as razões pelas quais não acreditava em minha aversão pela rotina, fosse qual fosse, mas Beatriz B., como sempre fazia em relação a várias outras questões, repetia apenas que era um absurdo eu não perceber o que dizia. Este foi outro sinal de que Beatriz B. era e foi incapaz de entender provavelmente o mais simples traço de minha personalidade, como se diz. Para Beatriz B., provavelmente não havia diferença alguma entre minhas recorrências intencionais, como voltar e voltar de novo a Paris, como fez Niemeyer e como ela fez comigo algumas vezes, e as recorrências não buscadas que exasperadamente engessavam minha existência, minha *existência inautêntica* como disse Beatriz B., em torno de lugares e gestos que eu poderia perfeitamente ter dispensado.

Tornando-me sensível ao significado ou, mais que isso e antes do que isso, à presença pura e simples das recorrências em minha vida, não pude deixar de perceber a presença da recorrência nas obras de Niemeyer, aspecto de seu trabalho a que sempre estive atento mas que assumiu depois proporções consideráveis, proporções tamanhas que me obrigaram a parar para novamente repensar sua obra toda, provocando novo adiamento, novos adiamentos em minha decisão de finalmente começar meu livro sobre ele. Muito mais do que isso, porém, está claro para mim que o motivo determinante de mais esse adiamento, deste praticamente derradeiro adiamento, ocorrido imediatamente antes do rompimento entre Beatriz B. e eu, foi a declaração que Beatriz B. me fez um dia sobre o quão *destrutivo* eu havia sido para ela, sobre quão destrutivo eu era para as coisas a meu redor, como ela disse. Beatriz B. não disse *destruidor*, quão destruidor eu havia sido para ela, Beatriz B., esse nome improvável, disse *destrutivo*, palavra que me gelou o sangue, como se diz. Ser considerado um destruidor não conseguiria chocar-me nunca, ser considerado destrutivo perturbou-me. Ela podia ter razão, sem dúvida, e a simples possibilidade de que estivesse certa era o bastante para me gelar o sangue nas veias, como se diz. Intimamente, eu não podia deixar de acreditar que minha suposta destrutividade fosse antes uma projeção da personalidade de Beatriz B. do que uma coisa real. Mas, estarreceu-me a possibilidade de que, de algum modo, ela pudesse estar certa, dadas as conseqüências que isso poderia ter para outras coisas, como meu projetado livro sobre Niemeyer. Destrutivo, ela disse, sempre destrutivo em relação a ela e a seus projetos, como o do *Instituto de Pesquisas Artísticas* cuja importância para ela, Beatriz B. disse, eu nunca havia chegado a entender. Talvez eu não tivesse atribuído muita significação a mais essa acusação de Beatriz B. não fosse pelo momento que eu atravessava em minha existência — minha *existência inautêntica*, diria Beatriz B. — e do momento geral deste país, que é nitidamente, este sim, para usar a expressão de Beatriz B., um *país destrutivo*. Quando Beatriz B. me fez esta acusação, mais esta acusação, eu quase não podia sair às ruas durante o dia porque *tudo* nas ruas me destruía um pouco, fisicamente me destruía, eu digo, e não apenas imaginariamente. Saindo pelas ruas deste país grotesco eu podia sentir a destruição agindo sobre as partes mais exteriores de meu corpo e abrindo caminho, inexoravelmente, para corroer os *santuários imaginários* que de um modo ou outro eu havia conseguido erguer dentro de minha cabeça e dentro dos quais pensei viver ou ter vivido e que naquele momento eu via apenas à distância como *suntuosos monumentos* erguidos no meio do nada para alguma cerimônia que nunca acontecerá porque provavelmente esses mesmos santuários imaginários impediram, com sua simples presença, que em seu interior pudesse acontecer alguma cerimônia. Quando Beatriz B. me disse, com brutalidade e não mais apenas com dolorida ironia, que eu lhe era destrutivo, eu estava num momento em que sentia, como nunca, *este país* como algo visceralmente destrutivo. Eu quase não conseguia mais sair às ruas deste país de criminalóides e não mais conseguia nem ler os jornais destrutivos deste país grotesco, todos eles, jornais cuja arrogância de procedimentos e indigência de objetivos, costurados por uma boçalidade transbordante, lançavam para dentro de meus santuários (construídos há tanto tempo e com muita facilidade, com surpreendente e excessiva facilidade, percebo agora) toda a destrutividade de que eu procurava escapar nas ruas. Ouvir mais esse diagnóstico de Beatriz B. naquele exato momento foi uma dura experiência. Mesmo que eu não fosse de fato destrutivo, como não me sentia, o simples fato de ela acreditar ou imaginar que eu pudesse ser destrutivo foi para mim, naquele momento do país, uma experiência terrível. Toda minha existência neste país, *existência inautêntica* como quis e talvez ainda queira entender Beatriz B., como ela preferiu entender, apareceu-me, diante daquela acusação, como balizada por forças destrutivas, balizada por duas diferentes destrutividades — uma, a destrutividade eternamente iminente e seletiva que ceifava este e deixava intocado aquele, que no entanto podia ser enquadrado na mesma situação do primeiro que fora destruído, destrutividade exercida pela ditadura militar quase no instante em que Niemeyer acabara de concluir sua obra mais grandiosa, sua obra criada *no meio do nada* e destinada ou condenada, não sei ainda, a comemorar-se a si mesma (obviamente, com imensa carga de autodestrutividade) e, outra, a destrutividade em ato e generalizada e contemporânea ao momento escolhido por Beatriz B. para denunciar aquilo que seria minha própria destrutividade, segundo ela. Pensei, imobilizado diante de Beatriz B. no instante da acusação, atônito com a gravidade da denúncia, que *toda vida e toda produção*, inclusive a de Beatriz B., é *impossível* num cenário cuja linha central de força é a destrutividade, e deve ter sido esta reflexão, muito mais que a justeza ou a injustiça da acusação em si, que me chocou profundamente. Minha reação imediata à acusação de Beatriz

B., minha única reação sensata, a única reação capaz de evitar talvez minha insanidade imediata, foi refazer novamente os passos de Niemeyer e revisitar o sítio de uma de suas obras mais recentes, significativamente erguida à beira de um penhasco, sobre o mar, num promontório, e que, de modo ainda mais significativo, destina-se a ser um museu — uma obra que, como diz Niemeyer, *nasceu como uma flor que se abre*. Uma *flor de cimento*, eu diria. Beatriz B. não foi comigo dessa vez, já estávamos à beira do rompimento, embora ela pudesse ter ido por razões ligadas agora a seu *Instituto de Pesquisas Artísticas*, rótulo sempre mais vazio a cada momento em que eu refletia sobre sua adequação mas que as pessoas pareciam receber com pacífica normalidade, sem espanto ou irritação.

Nenhuma surpresa, portanto, que Beatriz B. tenha passado a odiar-me a partir de um determinado momento cuja identificação, embora remota e mesmo impossível para os efeitos práticos (quer dizer, considerando-se a duração média da vida humana), me fascina e obsessiona por obscuros motivos. Mesmo sem saber quando nem, diretamente, *por quê* (por não entender os motivos alegados por Beatriz B, embora ela nunca tenha alegado motivos específicos para me odiar, nem dito que me odiava, concretamente), passei a entender um pouco mais sobre o ódio no relacionamento entre duas pessoas, em todo caso no tipo de relacionamento mantido por Beatriz B. e eu, ao descobrir uma anotação feita por Graham Greene às margens de um livro um dia por ele lido. Essa anotação, de que naquele instante fui uma das primeiras pessoas a tomar conhecimento (tanto quanto possa haver primeiras pessoas numa sociedade de massas, embora quando o assunto se refira a livros e literatura esse número seja sempre minúsculo, irrelevante, desprezível), Graham Greene fez às margens de um livro de Tchecov cujo título em inglês é *The Lady with the Dog and Other Stories*. As palavras de Greene, que me pareceram extremamente reveladoras, diziam — *dizem*, porque ainda estão lá naquela margem — que *talvez a vida sexual seja um teste: se pudermos sobreviver a ela manifestando* charity *para com aqueles que amamos e para os que traímos, não precisamos nos preocupar. Mas ciúmes, crueldade, desconfiança... fracassamos. O pecado está no fracasso. É o mesmo quer sejamos a vítima ou o carrasco.* A palavra *charity* é uma dessas palavras inglesas de difícil tradução, mas qualquer que fosse o sentido que eu lhe atribuísse, *generosidade* ou *tolerância* por exemplo, a passagem me chamou a atenção como de todo pertinente ao relacionamento entre Beatriz B. e eu, mesmo que alguns de seus pontos de forte significado, como a questão da *crueldade*, não nos dissessem respeito de todo e ainda que certas palavras, como *pecado*, não tivessem literalmente sentido algum para nenhum de nós — em todo caso, era o que achávamos que pensávamos. De algum modo, a *charity*, palavra cujas reverberações semânticas eu na verdade abomino, não houve entre nós, caso contrário eu não teria registrado *o ódio* que freqüentemente senti em Beatriz B. na fase final de nosso relacionamento — ou, em todo caso, o ódio que Beatriz B. afirmou algumas vezes sentir por mim embora eu não tenha sido capaz de senti-lo de maneira distinta. Essa *charity*, se alguma vez existiu entre nós, não se reconstituiu ou se reequilibrou nem mesmo quando Beatriz B. ficou sabendo que também eu havia *ido com uma mulher*, para usar a expressão por ela empregada e embora essa expressão não seja tão usual e significativa, me parece, quanto seu correspondente *ir com um homem*. Não é que Beatriz B. *ficou sabendo:* eu revelei este fato a ela através de uma *mediação* muito antes do rompimento, muito tempo antes, em algum momento ao redor da viagem à África atrás de Niemeyer sem encontrá-lo uma vez que Niemeyer havia ido para a parte ocidental da África e eu, mesmo sabendo disso, havia decidido ir à parte oriental da África. Fugindo do terror político instalado pelos militares e que destruía generalizadamente este país grotesco ao mesmo tempo em que assassinava individual e aleatoriamente uns e outros, estávamos em Paris, eu e Beatriz B., nessa cidade de que Niemeyer tanto gosta porque *soube se preservar da destruição*, como ele diz, e numa época em que me sentia pronto para começar meu livro sobre ele. Eu preenchera centenas de fichas e inúmeros cadernos com anotações sobre Niemeyer e suas obras, esses banais cadernos franceses quadriculados de folhas lisas que sempre foram uma de minhas obsessões, e um dia, no meio dessas anotações sobre um assunto sem nada a ver conosco, escrevi a respeito de minhas dúvidas sobre o real significado de ter *ido com uma mulher*, à época em que Beatriz B. havia ido com um homem, sem ter-lhe relatado o episódio. Escrevi e deixei o caderno aberto sobre a mesa ocupada por ambos, provavelmente esperando que ela o lesse e provavelmente sabendo que não o leria, pois nunca lia nada do que eu escrevia. Devo ter pensado que esse relato reequilibraria a situação entre nós, mesmo que eu não tivesse nenhuma intenção especial de reequilibrar essa situação. Isso não aconteceu e Beatriz B., se tivesse lido aquela anotação absolutamente marginal à obra de Graham Greene, diria que de fato nunca tinha havido e nunca haveria *charity* entre nós, de modo algum, de forma nenhuma. Não estou convencido disso. Àquela época, nem eu sabia que o problema não estava naquelas *idas* mas no *fracasso posterior* e, naturalmente, não pude discutir sobre isso com Beatriz B., nem àquela época nem depois. *Retrospectivamente*, pude entender tudo que se passara mas não creio que Beatriz B. pôde ou possa fazê-lo porque Beatriz B. não mergulha no passado, creio que Beatriz B. simplesmente *não acredita no passado*. Este traço da personalidade de Beatriz B. poderia tê-la levado a aproximar-se de meu projeto de escrever sobre Niemeyer e no entanto isso não aconteceu. O fato é que aqueles episódios pessoais e tudo por eles gerado posteriormente criou sobre Beatriz B. e eu uma *pressão dramática* fortíssima que deve estar na origem dos ódios que Beatriz B. disse dedicar-me. Este, coincidentemente, foi um ponto significativo de discordância a respeito de Niemeyer entre Beatriz B. e eu. Beatriz B. repetiu inúmeras vezes, ao longo de todo este tempo, que estava até mesmo pronta a rever sua opinião sobre a grande lacuna em Niemeyer, que segundo ela era exatamente o sentido de *dramaticidade*, e que estava mesmo pronta a aceitar, em todo caso *eventualmente* pronta para aceitar a idéia da existência em Niemeyer de uma dramaticidade interior precipitando-se constantemente sobre si mesma como uma queda d'água interna. Mas, repetiu Beatriz B. inúmeras vezes, mesmo existindo em Niemeyer alguma *dramaticidade interior*, acabava predominando nele um *intelectualismo exacerbado* capaz de reprimir essa *dramaticidade interior* e isso sem dúvida era o que devia ter-me atraído para Niemeyer, eu que acabara me refugiando em minhas *construções alucinatórias*, e que era exatamente isso que ela não podia suportar nem em Niemeyer, nem em mim, quer dizer, a *inexistência de alguma dramaticidade*, embora interior. Mesmo tendo me agradado a idéia da *dramaticidade interior*, nunca pude acompanhar Beatriz B. nesse raciocínio. Poderia mesmo concordar com ela no que dizia respeito a Niemeyer, em certos casos. Não pude concordar com ela no que dizia respeito a mim. Beatriz B., no fundo, sempre se deu bem vivendo num clima de *pressão dramática* enquanto eu sempre tive uma tendência para procurar as situações marcadas pelo *desejo do controle*. Mesmo vivendo num clima de *pressão dramática* constante, que sem dúvida levou-a a tomar certas iniciativas em sua vida, como a criação do *Instituto de Pesquisas Artísticas*, de algum modo Beatriz B. não percebeu a importância assombrosa que teve e tem para mim, por exemplo, a *memória*, o que foi o principal motivo pelo qual não pôde enxergar a imensa *queda d'água interior*, para usar a expressão de Beatriz B., cuja existência dentro de mim eu consigo perceber com perfeita nitidez. Beatriz B. nunca percebeu como minha vida era marcada pela presença às vezes opressiva da *memória*. A *memória recorrente*, por exemplo, de que durante um tempo adormecemos, Beatriz B. e eu, de mãos dadas, é para mim *arrasadora*.

E então, Beatriz B. passou a apresentar-me, nas sempre mais raras vezes em que saíamos juntos, como o *sósia de Niemeyer*. E este é o *sósia de Niemeyer*, ela diria nessas ocasiões, com um esboço de sorriso nos lábios, como se costuma dizer, que as pessoas entendiam aparentemente, muitas delas, e de modo inteiramente equivocado, como sinal de prazer por estar, ela, Beatriz B., ao lado de alguém que seria o *sósia de Niemeyer*, expressão que tomavam *ao pé da letra*, muitas dessas pessoas, o que era perceptível pelo modo inquisidor como me olhavam à procura de traços faciais comuns a mim e a Niemeyer. O que era um completo absurdo. Não posso dizer que essa opção de Beatriz B., essa *opção final* de Beatriz B. em relação a mim, num certo sentido, tenha provocado um *desgaste emocional* maior em nossas relações. Beatriz B. parecia extrair um prazer considerável do ato de apresentar-me, quando a ocasião permitia, como o *sósia de Niemeyer*, mesmo sabendo, como deveria saber, que *eu não tinha absolutamente nada em comum com Niemeyer* e que me causava considerável mal-estar a idéia de que pudesse ter algo em comum com Niemeyer sob o aspecto por ela imaginado, e isto por razões estritamente pessoais que, se Beatriz B. não havia entendido durante todo o tempo que passamos *juntos*, ou em todo caso *próximos*, não adiantava explicar-lhe. Mesmo aquilo que Beatriz B. acreditava ter descoberto de comum entre Niemeyer e eu, o gosto exacerbado pela abstração e pelo frio rigorismo intelectual, não passava de pura imaginação de sua parte (pelo menos no que me dizia respeito), imaginação através da qual Beatriz B. conseguia até identificar certos traços que *poderiam* ser comuns mas que, se fossem, eram por motivos inteiramente diversos dos supostos por ela. É possível que, no final, Beatriz B. tenha feito um gesto para aproximar-se, se não de mim, pelo menos de meu *universo imaginário*, como ela dizia, embora seja difícil identificar sua verdadeira motivação uma vez que todos seus atos àquela altura, pelo menos assim me parecia, estavam determinados pelos seus interesses específicos no *Instituto de Pesquisas Artísticas*. Esse gesto consistiu numa aproximação em relação a Niemeyer, e é bastante provável, preciso reconhecer, que tenha sido um gesto em hipótese nenhuma projetado para *alcançar a mim*, quase certamente não sendo mais do que mera coincidência ou convergência o fato de Beatriz B. ter, naquele instante, se interessado por um assunto relativo a Niemeyer. O episódio ficou conhecido entre nós, Beatriz B. e eu, mas não por Niemeyer, claro, que, é quase certo, nunca ficou sabendo de tudo isto, como o *episódio das cadeiras de Niemeyer*, embora *episódio* seja uma palavra inadequada por dar a entender estar o caso encerrado, o que não podia ser mais falso. Beatriz B. ficou sabendo das *cadeiras de Niemeyer* não por mim nem lendo nenhuma de minhas notas sobre Niemeyer, o que ela nunca fez e nunca faria, a não ser no episódio de meu caderno com as interrogações sobre minha *ida com uma mulher*. Claro que as *cadeiras de Niemeyer* estavam registradas numa de minhas centenas de fichas sobre Niemeyer, uma vez que eu continuava alimentando meu projeto de escrever sobre ele, algo impossível de iniciar sem ter registrado tudo sobre Niemeyer e longamente refletido sobre ele e o que lhe dizia respeito, como este assunto das cadeiras. Beatriz B., porém, não recorreu a minhas fichas, nem poderia tê-lo feito por ignorar do modo mais completo que eu pudesse ter algo a respeito. Contou-me sobre seu interesse pelas *cadeiras de Niemeyer* numa ocasião que guardei bem na memória por ter sido marcada pela observação de um fato para outras pessoas de todo banal, sei disso, mas para mim particularmente significativo. Beatriz B. aproximou-se de mim naquele dia com o ar sempre assumido quando se preparava para contar a alguém algo que parecia importante não apenas para ela como também para seu interlocutor e para todo o mundo, e colocou-se entre mim e o cenário formado por um prédio situado do outro lado da rua, a uns 50 metros de nós. Beatriz B., claro, não se colocou *entre mim e alguma coisa*, no caso aquele prédio. Beatriz B. apenas ficou a uma certa distância de mim, inadvertidamente cobrindo parte do prédio visível no outro lado da rua e que pode ser perfeitamente visto do apartamento que ocupávamos e, *simultaneamente*, tanto quanto isso possa existir, chamando minha atenção para aquele prédio, para onde eu não teria olhado não fosse pela entrada de Beatriz B. em meu campo de visão. Quando ela começou a falar, perdi suas primeiras palavras, que entendi depois, *retrospectivamente*, ser uma introdução ao assunto, porque minha atenção foi atraída pela imagem de uma pessoa, um homem, aparecendo numa janela desse outro prédio vestindo pijama, um pijama branco, ao meio-dia, hora que detesto, e olhando para fora, olhando para baixo, mais ou menos por entre as cortinas de seu próprio apartamento. Se há uma imagem que eu *não posso suportar* é a imagem de pessoas, geralmente homens, vestindo pijama e observando a *realidade exterior* através de vidraças fechadas e à luz do sol, ao meio-dia por exemplo. Tenho horror a essa visão, capaz de provocar em mim uma verdadeira *aversão física*, rigorosamente um mal-estar físico, um enjôo físico. Beatriz B. não percebeu ser essa a imagem que invadia minha visão naquele momento, embora deva ter percebido que eu olhava para alguma coisa ou algum ponto não ocupado por ela. Se tivesse percebido teria identificado minha *aversão à metafísica*, como ela dizia, ou minha *aversão à desistência às coisas, ao mundo e à vida*, expressão que Beatriz B. também usou, conforme o momento, para designar aquela minha reação visceral a essa imagem e que ela já conhecia por ter presenciado meu comportamento naquelas ocasiões, embora estas ocasiões não tenham sido assim tão freqüentes enquanto mantivemos um relacionamento, enquanto mantivemos *nosso relacionamento*, como se diz. Beatriz B. sabia muitas coisas a meu respeito, o que sempre admirei nela e o que sempre me incomodou nela, não apenas pela *quantidade* de noções (muitas, pertinentes) que ela tinha a meu respeito como, e ela me dava essa impressão, pelo fato de eu ser para ela *completamente transparente*. Às vezes eu tinha mesmo a impressão de que Beatriz B. possuía, a meu respeito, centenas, milhares de fichas imateriais estocadas em sua mente, prontas para serem usadas a qualquer momento e que se aplicavam a muitas situações de nossa vida comum e de minha vida pessoal, o que era uma sensação extremamente perturbadora. Beatriz B. nunca gostou de escrever, de colocar palavras num papel, quero dizer, pelo menos não enquanto mantivemos uma vida comum, mas percebi o tempo todo como Beatriz B. era capaz de formular noções a respeito das pessoas e fatos, especialmente sobre mim, e guardá-las indelevelmente na memória, deixando-as prontas para uso à menor necessidade.

Quando dei por mim, depois da figura masculina de pijama ter feito sua rápida e absorta (o que sempre me perturba ainda mais) aparição à janela, Beatriz B. já entrara bastante no assunto das *cadeiras de Niemeyer* e dizia do sucesso certo da iniciativa por ela tomada considerando o número de pessoas já pessoalmente mobilizadas para pedir, exigir mesmo, como ela disse, a retirada das cadeiras de bar, essas cadeiras de plástico moldado, que haviam sido *barbaramente* introduzidas na catedral, na suprema catedral de Niemeyer, como ela hiperbolicamente afirmou naquela ocasião, numa demonstração, Beatriz B. ressaltou, do *desprezo pela arte*, da *intolerância à arte* neste país, apesar das *hipócritas manifestações em contrário*. Beatriz B. perguntou-me retoricamente naquele dia — digo retoricamente porque a pergunta não estava dirigida a mim nem a ela mas com certeza a uma platéia imaginária que Beatriz B. supunha encontrar dali a alguns dias — *que futuro poderia ter a arte* num país que permitia que vulgares cadeiras de bar moldadas em plástico fossem colocadas numa das mais *impressionantes* obras jamais produzidas em seu território e em sua história. Cadeiras de plástico amarelo, Beatriz B. disse, como se a cor das cadeiras fosse uma agravante adicional ao cenário de desrespeito, incompreensão e rejeição à arte neste país — no que ela podia ter razão embora naquele momento eu tenha ficado em dúvida sobre a cor das cadeiras por imaginá-las em branco, assim como pensava tê-las descrito em minhas fichas. Claro que a presença dessas cadeiras na grande catedral de Niemeyer estava devidamente registrada em minhas anotações sobre ele, embora eu não tivesse uma idéia precisa da utilização que faria dessa passagem e dessa questão, ou mesmo *se* a utilizaria em meu livro sobre Niemeyer. Beatriz B. mostrou-se fortemente indignada enquanto me contava sua iniciativa para eliminar da catedral de Niemeyer aquilo que era visível fruto da ignorância e, sem exagero, como ela disse, da barbárie que tomara conta do país sem que as pessoas se dessem conta e reagissem. Estivéssemos num país civilizado, Beatriz B. disse naquele meio-dia, não apenas a questão estaria resolvida como sequer teria existido porque num país civilizado ninguém teria a incrivelmente estúpida e torpe idéia de enfiar cadeiras de plástico moldado para servir de banco de igreja numa obra de arte tão deslumbrante e *necessária* como aquela, e que se alguém quisesse ter uma boa noção do que era este país bastava atentar para aquele episódio. Beatriz B., é provável, não usou a palavra *torpe* porque seu discurso sempre foi mais articulado sobre imagens do que sobre palavras. É possível que *torpe* seja uma palavra minha, projetada sobre a fala dela, que com certeza recorreu à palavra *estúpida*. Beatriz B. disse ainda, naquele momento, estar confiante na iniciativa que havia tomado, em nome do *Instituto de Pesquisas Artísticas* como fez questão de destacar, uma vez que, acionado diretamente por ela, até o ministro da cultura da França havia se manifestado. Beatriz B. disse também, na torrente de palavras em que se transformara o relato de sua iniciativa, que talvez ela acabasse se encontrando com Niemeyer como conseqüência do movimento iniciado, embora nada estivesse ainda definido a respeito. E Beatriz B. continuou ainda por alguns minutos falando das cadeiras de plástico moldado levadas para a catedral de Niemeyer *como se eu nunca tivesse ouvido falar do assunto*, num comportamento por ela assumido não apenas comigo (comigo *também*) como com outras pessoas e que eu percebera nela logo depois que ela passou a emitir *juízos peremptórios* sobre a vida e as coisas. De fato, no que Beatriz B. me disse aquela tarde, e no modo como ela disse, chamaram-me a atenção dois fatos particulares, relacionados entre si de maneira direta. Primeiro, o fato de Beatriz B. não ter feito, em momento algum, qualquer menção *a meu próprio relacionamento*, por assim dizer, com Niemeyer ou, em todo caso, com o *assunto Niemeyer*, e, segundo, a total ausência de justificativa para aquele repentino interesse por alguém ou por uma obra que até então ela havia, para dizer o menos, minimizado. Quanto à primeira ausência no relato de Beatriz B., sobre o tempo de minha vida que eu havia gasto com o *assunto Niemeyer* e sobre meu projeto de escrever um livro *sobre* Niemeyer (de que Beatriz B. não apenas estava perfeitamente a par como do qual inclusive, e a própria Beatriz B. havia repetido isto algumas vezes, ela estava *farta* de ouvir falar), esse fato configurava uma atitude cujo significado, alguns poderão dizer, era evidente, razão pela qual dele não me ocupei. Em relação à segunda ausência, referente a uma explicação sobre os motivos da radical inversão de sentimentos quanto a Niemeyer, tampouco procurei entendê-la por saber que Beatriz B., como fizera no passado, responderia que as coisas são assim mesmo e que as pessoas *mudam de opinião* ou de decisão de uma hora para outra e que não há nada a fazer a respeito. O que entendi com clareza era que o modo pelo qual Beatriz B. tratara daquela questão relacionada a Niemeyer era *o melhor modo para se tratar aquela questão e o próprio assunto Niemeyer*, e entendi também, de imediato, que essa inesperada compreensão minha acabaria inevitavelmente por exercer alguma influência, e forte influência, suspeito, em meu projeto de escrever sobre ele. Entendi, ainda, naquela conversa com Beatriz B., ou diante do *monólogo* de Beatriz B. à minha frente, que minha própria fascinação com aquela precisa obra de Niemeyer, extremamente acentuada no passado, havia de certo modo se dissolvido em algum momento anterior ou talvez à medida que se desdobrava o monólogo de Beatriz B., deixando espaço para um encantamento nascente com aquela outra obra de Niemeyer à beira do promontório, no penhasco sobre o mar, e que até então eu considerara, curiosamente (curiosamente, quer dizer, a partir daquele instante) uma absoluta excrescência. Beatriz B. me deu, naquele dia, com aquele encontro revelador de sua iniciativa relacionado com o que ela chamava de *episódio das cadeiras de Niemeyer*, uma aula, mais uma, sobre a precariedade das emoções, dos sentimentos e das decisões.

Essa falsa conversa com Beatriz B., falsa pois ela falou o tempo todo e eu apenas ouvi, ficou gravada de modo particular em minha memória porque aquele dia foi um dia particularmente *carregado de significações* para mim, o dia em que senti um grande *clic interior*, como se costuma dizer. Às vezes, na verdade em raros momentos, as pessoas sentem um clic interior, que entendem, suponho, como indicando que *alguma coisa adequada acaba de acontecer em suas vidas*, clic que entendem como indicando que *alguma coisa se encaixa* em alguma outra coisa de suas vidas e que esse encaixe esclarece alguma significação ou gera alguma significação ou encerra alguma significação. Para mim, em todo caso, a idéia do clic imaginário que às vezes ouço, que muito raramente ouço, para falar a verdade, significa que se produziu um *fenômeno particular* cujo significado seria precariamente traduzido por uma expressão como *É exatamente isso!* Pensando bem, não raramente mas freqüentemente recorro a esse simulacro do clic para representar perante mim mesmo a idéia de que as coisas se encaixam. Isto porque freqüentemente tenho a sensação de que as coisas *finalmente* se encaixam quando sei muito bem que na verdade *nada faz clic* e que *nada se encaixa nunca seja lá no que for*. Mesmo assim, naquele dia senti um clic provavelmente pelo acúmulo de sensações que começaram com a visão da figura masculina vestindo pijama e olhando absorta pela janela ao meio-dia, continuaram com a percepção das ausências no relato de Beatriz B., nome (de meu ponto de vista particular e circunstancial) mais improvável dentre todos os nomes, prosseguiram, horas depois, com uma discussão abrupta com Beatriz B. (como abruptas eram cada vez mais as discussões com Beatriz B., pouco antes de nosso rompimento) em que ela de repente disse que eu nunca havia entendido nada sobre suas relações com a psicanálise porque a psicanálise *simplesmente a havia impedido de enfiar uma bala na cabeça* e que ela talvez nunca me perdoaria por eu não ter entendido isso, e que continuaram se acumulando ainda, aquelas sensações, na noite daquele mesmo dia quando, caso excepcional, pude observar Horowitz gravando num estúdio e falando com várias pessoas nos intervalos, ocasião em que pude registrar a insistência com que Horowitz, quase 80 anos, ou mais, perguntava obsessivamente a quem passasse perto *se havia tocado bem*, e as pessoas respondiam que sim, havia tocado bem, *sem dúvida*, e sem dúvida Horowitz estava tocando de fato muito bem, magnificamente bem, para meus ouvidos, até que, tendo perguntado mais uma vez a alguém se havia tocado bem e recebido a resposta que, *sim, evidentemente*, sua mulher, que o acompanhava, olhando para um ponto entre a pessoa e Horowitz, seu marido, entra na conversa e diz *Não faz diferença*, o que levou Horowitz a dizer imediatamente, duas vezes, também ele olhando embaçadamente para um ponto entre a mulher e a pessoa, para um ponto no espaço, com um esboço de sorriso nos lábios que poderia ser simples ricto, *Não faz diferença, não faz diferença*. Senti o *clic*.

No dia seguinte, quase simultaneamente à notícia de que meu médico procurava algum *mal mais sério* em mim, como ele disse, para minha momentânea indiferença, Beatriz B., imediatamente antes de nosso rompimento, veio me anunciar com entusiasmo (sem maiores explicações) o início da gravação do primeiro de uma série de *vídeos selvagistas,* como os chamou, por ela dirigidos e que, vistos alguns meses mais tarde, me pareceram muito bem feitos, extremamente interessantes, de fato muito fortes, excelentes mesmo — e neste ponto o *biógrafo* interrompeu de modo abrupto o relato acidental que me fazia ao dar-se conta, em suas palavras, de que havia falado o suficiente, demais até, e que aquilo *era tudo*. Pelo meu relógio, ele havia falado por não mais de três, quatro horas se tanto. Três, quatro horas *e era tudo*! De imediato percebi que nada em todo esse relato poderia fazer com que eu me sentisse arrasado, *simplesmente arrasado*.

# *A METICULOSA CONSTRUÇÃO DO NÃO-FAZER*

Nicolas Shumway[*]

---
[*] Diretor do Institute of Latin American Studies da University of Texas, Austin.

*Há uma significativa ainda que limitada literatura dedicada ao não-fazer literário. Lembramos o caso de Joseph Grand no romance* La plague *de Albert Camus que reescreve incontáveis vezes a primeira linha dum romance que nunca termina. Ou o caso de Hladik no conto "O milagre secreto" de Jorge Luis Borges que conclui a peça teatral que vai justificar sua existência só porque Deus detém o tempo no momento de seu fuzilamento para permitir-lhe que a termine. Hladik não escreve uma só linha da peça e a obra nunca sai de sua mente. Só ele e Deus sabem que foi terminada.*

*Neste livro muito inteligente,* Niemeyer, um romance, *Teixeira Coelho inventa um caso parecido. Trata-se de um biógrafo frustrado que pretende escrever a biografia do arquiteto Niemeyer, mas nunca consegue sequer começá-la. Ao mesmo tempo, o biógrafo (que nunca chega a ser biógrafo) narra sua própria biografia a um escrevente que aparece aludido só na primeira e na última linha do livro. Dessa forma, ainda que um biógrafo fracassado, de certa forma o narrador tem sucesso como autobiógrafo, pois consegue narrar sua própria vida — mas não escrevê-la. Obviamente o próprio Niemeyer tem de aparecer num romance que leva seu nome, mas sua função aqui é antes a de ponto de contraste entre um artista* que faz *e um biógrafo diletante cujas maiores criações são os pretextos que inventa para* não-fazer. *A quarta e última personagem do romance é Beatriz B., ex-namorada ou ex-mulher do narrador que o abandonou e que aparentemente leva uma vida mais ou menos "normal" como diretora dum instituto de pesquisas artísticas. O fracasso dos seus amores com Beatriz B. complementa seu fracasso como biógrafo, um fracasso que o narrador explica com ainda mais pretextos.*

*Mas, que pretextos! O narrador não é um simples procrastinador. Antes, é uma pessoa que cuidadosamente conversa com todos os grandes temas para explicar o fracasso — ou, melhor dito, a inação. Não pode escrever sobre Niemeyer porque Niemeyer ainda vive, portanto a biografia seria incompleta — assim nos convidando a nos lembrarmos dos pesquisadores (sobretudo alguns dos meus alunos de pós-graduação) que não escrevem porque sempre há mais coisas a ler... O narrador também cuida de não conhecer cabalmente o essencial da vida de Niemeyer. Viaja aonde Niemeyer viajou, mas cuidadosamente nunca consegue ver o que Niemeyer viu ao mesmo tempo em que nunca chega a conhecer as maiores obras de Niemeyer, assim mantendo sua ignorância e inocência. Mas, se por um lado sofre de uma falta de detalhes, por outro insiste em saber demais — e desiste frente à impossibilidade de incluir tudo que sabe. Seja por ignorância ou por excesso de dados, o resultado (o não-resultado) é o mesmo.*

*Quando não são suficientes estas razões, o narrador refugia-se numa explicação de contexto, pois é de um país fracassado, com uma cultura corrupta, onde a feiúra domina e triunfa em tudo. Com explicações que reciclam idéias vagamente ressonantes das teorias do desenvolvimento e da dependência afirma que ninguém de um país como o seu pode escrever sobre um Niemeyer, assim passando por cima do fato de Niemeyer ser do mesmo país.*

*Também lhe são utilíssimas as teorias da imperfeição da língua, segundo as quais nada se pode dizer com exatidão, sendo portanto o silêncio o único caminho honesto. Desde os tempos de Platão, a impossibilidade da representação tem sido tema recorrente da filosofia, mas Platão (e tantos outros céticos lingüísticos que o seguiram) escreveram.*

*Não assim o nosso narrador cujos princípios lhe impedem tal atividade. Dita ao escrevente sobre sua própria vida, mas não escreve sobre a de Niemeyer. Para ser justo, devo notar que ele diz que escreve coisas nas margens dos livros que lê, sempre para manifestar seu desacordo, mas nada disso se transcreve no romance. Também, embora desconfie da língua não se cansa de defini-la, retorcê-la e machucá-la, tentando tirar das palavras alguma estabilidade semântica — meta que nunca alcança, apesar da sua impressionante virtuosidade palavreira. Obviamente, a incerteza das palavras é outro motivo para não escrever a biografia de Niemeyer.*

*De forma parecida, seus princípios não lhe permitem julgar. Como observou Hume entre muitos, nenhum julgamento se encontra no mundo natural; portanto, quem pode julgar sem correr o risco de enganar-se, de confiar demais nas opiniões pessoais? Daí que o narrador fica muito incomodado pelas opiniões da Beatriz B. (que a propósito não é fã da obra de Niemeyer). Não se aborrece com ela, porque zangar-se implica um julgamento. Fica, apenas, incomodado, perplexo e (naturalmente) incapacitado para escrever a biografia de Niemeyer. Também ressente as opiniões de Beatriz porque o impedem de ter suas próprias opiniões. São opiniões peremptórias que não deixam espaço para outras opiniões (ainda que aquelas opiniões sejam, também elas, julgamentos e portanto questionáveis por não ocorrer na natureza). Manifestando uma ansiedade da influência que talvez assuste o próprio Harold Bloom, o nosso narrador fica mudo frente às opiniões da Beatriz, ainda que, naturalmente, não se deixe convencer por elas. Da mesma forma, a memória (a tradição) tem o mesmo efeito no narrador. Paralisa-o. A tradição é arrasadora. Não ensina. Nem sequer pode ser combatida. E daí outra vez a impossibilidade de escrever a biografia de Niemeyer (que, a propósito, nunca deixou que a tradição o impedisse de trabalhar).*

*O nosso narrador é mais que abúlico. O grande temor que governa sua vida é o temor de ser, e de manifestar o seu ser atuando como atuam Niemeyer e Beatriz B. Busca leis gerais para explicar sua conduta, assim libertando-se de alguma responsabilidade pessoal. E quais seriam essas leis gerais — a psicanálise, o determinismo histórico? O narrador não sabe, mas sabe que não pode escrever a biografia de Niemeyer sem conhecer as leis gerais que governam a vida de todo indivíduo. Quero dizer, as leis que explicam por que não escreve.*

*Fora do intento fracassado da biografia de Niemeyer, o único outro empenho que conhecemos na sua vida consiste no seu amor, também fracassado, por Beatriz. Conhece Beatriz quando esta tem dezessete anos. O narrador faz referências freqüentes a suas relações sexuais com ela, ainda que custe imaginar o sexo com uma pessoa que busca leis gerais para tudo, que não pode tomar uma decisão, que acha que toda opinião é peremptória, e que teme os julgamentos (por exemplo, "Que bom que foi!"). Beatriz, passada já a adolescência, aparentemente chega a uma opinião parecida, pois o larga, coisa que o narrador não entende, em parte porque não encontra a palavra perfeita para descrever o que aconteceu — palavra que não pode existir porque a língua é tão imperfeita para descrever as coisas etc., etc., etc. E por isso o narrador não pode escrever a biografia de Niemeyer. Obviamente, o amor frustrado por Beatriz B. e a biografia frustrada de Niemeyer são duas caras da mesma moeda — se essa moeda existe, pois poderia ser produto das opiniões peremptórias e da memória arrasadora e que talvez não deva sua existência às leis naturais e que, portanto, não deveria existir da mesma forma que a biografia sobre Niemeyer nunca existirá.*

*Com a criação desse personagem frustrado e frustrante, fascinante e irritante, Teixeira Coelho consegue comentar quase todos os vícios do intelectual, vícios que inevitavelmente levam à abulia e a inação. Não obstante, devo confessar que no final senti alguma admiração por ele, pois não conheço outro personagem tão versátil no não-fazer, coisa admirável, talvez, num mundo como o nosso onde fazer e ser costumam ser sinônimos. Pena que o narrador não tenha nome, pois poderia entrar na literatura como um dos grandes escritores que nunca escreveram. Daí os professores de literatura como eu poderíamos falar dele como falamos de Hladik e Joseph Grand. Mas, por outra parte, dar-lhe um nome seria atribuir-lhe talvez uma força individual que certamente não tem. Por mínima que fosse essa força, seria demais para o caso presente.*

*DO MESMO AUTOR*
*NESTA EDITORA*

DICIONÁRIO CRÍTICO DE POLÍTICA CULTURAL

AS FÚRIAS DA MENTE

GUERRAS CULTURAIS

MODERNO PÓS MODERNO

*OUTROS TÍTULOS
DESTA EDITORA*

À PROCURA DE KADATH
*H.P. Lovecraft*

ALGUMAS AVENTURAS DE SÍLVIA E BRUNO
*Lewis Carroll*

A CIDADE AUSENTE
*Ricardo Piglia*

CONTOS DE FADAS
*Irmãos Grimm*

AS FERAS
*Roberto Arlt*

A INVASÃO
*Ricardo Piglia*

O LABORATÓRIO DO ESCRITOR
*Ricardo Piglia*

A MALDIÇÃO DE SARNATH
*H.P. Lovecraft*

NOME FALSO
*Ricardo Piglia*

NAS MONTANHAS DA LOUCURA
*H.P. Lovecraft*

NOS MARES DO SUL
*Robert Louis Stevenson*

OCEANO-MAR
*Alessandro Baricco*

PRISÃO PERPÉTUA
*Ricardo Piglia*

RESPIRAÇÃO ARTIFICIAL
*Ricardo Piglia*

O TREM E A CIDADE
*Thomas Wolfe*

O VIDRINHO
*Luis Gusmán*

WASABI
*Alan Pauls*

Este livro terminou de
ser impresso no dia
03 de agosto de 2001
nas oficinas da
Gráfica Palas Athena,
em São Paulo, São Paulo.